CHINA LITERATURE
AND ART FOUNDATION
中国文学艺术基金会 资助项目
中国文学艺术发展专项基金

U0632915

"影像见证新时代 聚焦扶贫决胜期"
2018—2020 大型影像跨界驻点调研创作主题系列

黄河三处

王　蕾　主编

中国摄影出版传媒有限责任公司
China Photographic Publishing & Media Co., Ltd.
中国摄影出版社

图书在版编目（ＣＩＰ）数据

黄河三处 / 王蕾主编 . -- 北京：中国摄影出版传媒有限责任公司 , 2021.12

（"影像见证新时代 聚焦扶贫决胜期"2018—2020大型影像跨界驻点调研创作工程"系列图书）

ISBN 978-7-5179-1141-8

Ⅰ . ①黄… Ⅱ . ①王… Ⅲ . ①纪实文学－中国－当代 Ⅳ . ① I25

中国版本图书馆 CIP 数据核字 (2021) 第 273045 号

"影像见证新时代 聚焦扶贫决胜期"2018—2020 大型影像跨界驻点调研创作工程系列图书

黄河三处

主　　编：王　蕾
责任编辑：丁　雪
装帧设计：冯　卓　胡佳南
出　　品：中国文学艺术界联合会　中国摄影家协会　中国民间文艺家协会
出　　版：中国摄影出版传媒有限责任公司（中国摄影出版社）
　　　　　地址：北京市东城区东四十二条 48 号　邮编：100007
　　　　　发行部：010-65136125　65280977
　　　　　网址：www.cpph.com
　　　　　邮箱：distribution@cpph.com
印　　刷：北京雅昌艺术印刷有限公司
开　　本：16 开
印　　张：11
版　　次：2022 年 3 月第 1 版
印　　次：2022 年 3 月第 1 次印刷
ISBN　978-7-5179-1141-8
定　　价：69.00 元

中国文联大型影像扶贫跨界驻点山西兴县调研创作项目组

黄河三处

王 蕾 主编

中国摄影出版传媒有限责任公司

China Photographic Publishing & Media Co., Ltd.

中国摄影出版社

影像见证新时代　聚焦扶贫决胜期

2018—2020 大型影像跨界驻点调研创作工程

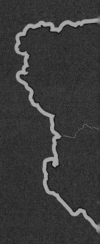

1.《十八洞村脱贫记》

2.《石榴红了——淅川脱贫档案》

3.《天·地·人——来自黄河源头的影像报告》

4.《古乡厚土——陇县乡村扶贫纪实》

5.《迈过石门坎》

6.《黄河三处》

7.《光耀州城》

8.《科尔沁草原上的脱贫路》

9.《再见独龙江》

10.《沸腾的西海固》

11.《东北偏北》

12.《山里的日与夜》

13.《寻乌——寻迹脱贫攻坚路》

14.《梅林村——一个深度贫困村的影像档案》

15.《一"页"鱼龙舞》

审图号：GS（2020）5165号

⑧
内蒙古自治区
兴安盟科尔沁右翼中旗

⑪
吉林省
延边朝鲜族自治州

❻
山西省
吕梁市兴县

宁夏回族自治区
西海固地区
⑩

青海省
果洛藏族自治州
③

⑦
陕西省
铜川市耀州区

④
⑮
陕西省
宝鸡市陇县

②
河南省
南阳市淅川县

甘肃省
陇南市武都区

西藏自治区
昌都市左贡县
⑫

⑨
云南省
怒江傈僳族自治州贡山
独龙族怒族自治县
独龙江乡迪政当村

①
湖南省
湘西土家族苗族自治州
花垣县十八洞村

江西省
赣州市寻乌县
⑬

⑤
贵州省
毕节市威宁彝族回族苗
族自治县石门乡

⑭
广西壮族自治区
百色市田东县作登瑶族乡
梅林村

总 序

党的十八大以来，以习近平同志为核心的党中央把脱贫攻坚作为全面建成小康社会的重要战略任务，作出一系列重大部署，创造了我国减贫史上的最好成绩。到 2020 年实现现行标准下农村贫困人口全部脱贫，是党中央向全国人民作出的庄严承诺。为生动记录脱贫攻坚战这一伟大历史实践，以影像的力量助力国家脱贫攻坚工作，中国文联和中国摄协、中国民协于 2017 年年底共同发起"影像见证新时代 聚焦扶贫决胜期"2018—2020 大型影像跨界驻点调研创作工程。该项目被列为中宣部《中国当代文学艺术创作工程规划（2017—2021）》重点创作项目、中国文联"讴歌新时代，共筑中国梦"主题文艺创作实践活动重点项目。

根据中共中央宣传部、国务院扶贫办等单位推荐并结合中国文联实际，该项目在全国选择了湖南省湘西土家族苗族自治州花垣县十八洞村、内蒙古自治区兴安盟科尔沁右翼中旗、陕西省铜川市耀州区、江西省赣州市寻乌县、甘肃省陇南市武都区、青海省果洛藏族自治州等 15 个各具特色的扶贫点，充分发挥全国文联系统的组织优势和人才优势，汇聚了活跃在一线的摄影家、民间文艺家，以及经济学、社会学、人类学等领域的专家学者约 70 人，深入到脱贫攻坚一线，运用摄影、绘画、视频、文字等手段，进行多元化创作、多角度呈现，为实现跨界融合作出了积极有效的探索。

2020 年是全面建成小康社会和"十三五"规划收官之年，是脱贫攻坚决战决胜之年，在今年出版发行"影像见证新时代 聚焦扶贫决胜期"2018—2020 大型影像跨界驻点调研创作工程系列图文书具有十分重要的意义。这套图文书以 15 个驻点的调研创作为素材，每个驻点编辑出版 1 本图文书，全面展现这 15 个驻点的脱贫攻坚成果，突出"影像见证""聚焦扶贫"的主题，体现影像记录的价值和意义，力图建立国家脱贫攻坚的影像档案。

这是一套充满理想情怀的图文书。各主创团队以高度的使命感和对土地、对人民的深情，克服道路崎岖危险、高原反应、水源污染、传染疾病等多种困难，真正沉下去，扑下身子扎到村里，和乡镇干部群众一起吃、一起住、一起干，用心用情去体验脱贫攻坚的火热生活，感受贫困地区发生的巨大变化，对基层干部群众团结一心、攻坚克难的奋斗历程进行跟踪记录和持续挖掘，以直观素朴的影像和平实深刻的文字，透过典型人物和鲜活故事，反映国家精准扶贫战略给贫困地区带来的深刻变化，讴歌脱贫攻坚战中的先进事迹和奋斗精神。尽管每本书的艺术表现手法各有千秋、各不相同，但始终彰显出内在积极向上的精神力量。我们力争将深蕴其中的情怀和责任、格局和担当化作对党和国家、对人民和事业殷殷的热爱，化作对时代发展和文化传承深深的思考。

这是一套聚焦脱贫攻坚战全过程的图文书。在地点的选择上，综合考虑中宣部和中国文联的定点扶贫点，以及各省（自治区、直辖市）文联推荐的"文艺扶贫奔小康"志愿服务行动工作示范县分布，在全国范围内确定了15个调研创作驻点，实现了驻点分布的代表性、地域性、差异性、进行时、视觉性。在内容呈现上，既有驻点的简况和贫困情况，也有脱贫后发生的变化；既有产业扶贫、就业扶贫、易地扶贫搬迁、文化扶贫等帮扶举措，也有东西部扶贫协作、对口支援、定点扶贫以及社会力量对脱贫工作的参与支持；既有当地贫困群众在脱贫中发生的巨大变化，也有第一书记、扶贫干部在其中作出的巨大努力。我们力争在展现国家脱贫攻坚取得的伟大成果的同时，从小处着眼，通过反映普通人的情感、命运及脱贫前后的对比等折射巨大的社会变革，全景式记录脱贫攻坚战。

这是一套以影像为主、突出个性表达的图文书。摄影是记录当下、展现现实的艺术，具有鲜明的时代特色。为时代存照、为人民画像，是时代赋予我们的历史使命和政治责任。这套图文书的主创以摄影家为主，通过图片为主、文字为辅、影像叙事的方式形成完整的视觉呈现，强调突出摄影家的个性、视角和思考。在体例上，有田野调查、报告文学、诗歌散文、采访记录、作者手记等，在内容上呈现的不仅仅是静态影像，还包括民间文艺、音乐、美术、书法、视频、音频等，力图做到立体化、多元化、多维度的呈现。这套图文书具有档案性，但又不是面面俱到的资料汇编；提倡个性表达，但又不是纯粹的个人的风光、艺术和人物摄影。我们力争传递和揭示扶贫、脱贫和落后地区发生巨大变迁的纪实性、直观性和深刻性，以及在此过程中所体现的人文关怀。

最后，衷心希望这套图文书能激励更多的文艺工作者，牢记新时代的历史使命和责任担当，更加自觉地深入生活、扎根人民，聚焦中国梦的时代主题，积极投身伟大的时代洪流，从人民的伟大实践和丰富多彩的生活中汲取营养，不断进行生活和艺术的积累，不断进行美的发现和创造，用自己的艺术创作讴歌党、讴歌祖国、讴歌人民、讴歌英雄，努力攀登新的艺术高峰！

"影像见证新时代 聚焦扶贫决胜期"
2018—2020 大型影像跨界驻点调研创作工程
系列图文书编委会
2020 年 5 月

目 录

CONTENTS

总 序   6

本卷序   18
《黄河三处》的起始处……   19
黄河岸边是我家   22

引 子   24
"吕梁小延安",从一场推介会说起   25

第一章 崖——了不起的碧村   31
碧村往事   35
任春林的碧村愿景   55

第二章 口——黑峪口,黄河渡口的前世今生   63
人才兴村,教育扶贫——少白希望学校的故事   69
芝麻饼传人任贵平,把黑峪口小吃做出品牌   72
刘建平,从摆渡船工到致富带头人   76
村"两委"齐心打造"天边黑峪口"   83
黄河岸边转九曲   93

第三章 滩——枣林人家，寨滩村   **103**

返乡青年高贵军   113

刘侯命唱寨滩   122

从留不住人的贫困村到游客纷至沓来的旅游村   139

第四章 县——誓师与展望   **147**

主创感言   **156**

为黄河边的生活作画   157

用相机记录"黄河三处"   160

讲述黄河岸边百姓的日子   163

跋   **166**

山西省吕梁市兴县高家村镇碧村。巨大的磐石上，居住着王、白两姓人家，村名由此而得。这里的人类活动可追溯到5000多年前的仰韶时代，更保留有许多晋绥红色遗迹。今天，拥有丰厚文化底蕴的碧村正在寻求自己的发展之路。海洋摄影

俯瞰山西省吕梁市兴县高家村镇黑峪口村及兴神黄河公路大桥。黑峪口村与陕西省榆林市神木市隔黄河相望，是历史上的大渡口，汇聚天南地北的行商。今天，黑峪口为重现当年繁荣渡口文化的美丽乡村建设正在推进。海洋摄影

山西省吕梁市兴县高家村镇寨滩村。静谧的枣林掩映着户户农家，这里有着远离喧嚣的宁静，发展旅游是这里的目标。海洋摄影

本 卷 序

陈小波

中国摄影家协会副主席，新华社领衔编辑，新华社系列微纪录片《国家相册》图片主编及讲述人，中国文联艺术研修院导师，南京传媒学院副校长兼摄影学院院长。

《黄河三处》的起始处……

对！这个团队的四位主创是我推荐的。王蕾、李三处、海洋、李兴俊互不认识，经我介绍进了这个项目。后来，他们因此书成了亲密的友人。

说这本书、这个团队组合之前，我先啰唆几句，说说我和吕梁的关系。

山西吕梁，我少年和青年时曾在那片土地上待过十年。先是我们姐弟三人跟着妈妈下放汾阳县杨家庄公社杨家庄大队。那时，小学五年、初中两年、高中两年。我在公社学校读书，小学和初中在一个院子里，每间教室房顶都有大洞，雨、雪、风全抵挡不了。那时，似乎只有早晨两小时上课，其余时间都要下地，还挣工分。尽管这样，我还是和几个同学考上了汾阳县高中。高中两年，有效读书时间很少，学工学农占去了大量时间。我还上了县里体校，很多时间在训练和比赛。高中毕业，我参加了两场省比赛后，要插队了。

插队选在离县城不远的贾家庄公社北关园村。我干活特猛，一年365天能干360天，很快当了知青女队队长。田里的主要农作物是小麦和棉花。这里虽是平原，但生活很苦，一年吃不到菜，更没有肉。种麦子却几乎吃不到白面，吃的是高粱面和玉米面。每天干活都在10小时以上，但只能吃两顿饭。现在我还记得每晚下工回到房东家，饿得两眼冒金星。房东大婶对我很好，但确实没有吃的给我。她会说："小波你不是累了吗？快躺到炕上吧。睡着了就不饿了。"我那时十七八岁，身高1.7米，体重只有90多斤。因为缺乏营养，头发白了1/3。

插队四年，还没有能离开农村的迹象。这时候，五年级毕业就到了吕梁文工团拉小提琴的妹妹小荔告诉我，文工团乐队要招一个倍大提琴手。我小时候练过扬琴，懂点乐理知识，赶紧跑到省歌舞团，和一个艺校毕业的倍大提琴手学了一周，就去考吕梁文工团，居然考上了。

　　后来我才知道，是乐队指挥孟只争先生专门为我设置了乐队里这样一个位置。进文工团后，我日夜拉琴，很快左手的四根手指全是血泡，马上又形成茧巴。全文工团的人都为我拉琴的精神感动。送艺术下乡是地区文工团的主要工作。吕梁13个县，我们一个一个地走。在吕梁文工团时，我去过黄河边的兴县。

　　1977年，国家恢复了中断11年的高考。1979年，我考上大学，离开了吕梁。

　　回到这本书。这本书需要一个重量级的人物。我第一个想到的就是我在吕梁文工团时的老友李三处先生。

　　我不到20岁进吕梁文工团，认识了吹圆号的李三处，他比我大几岁。我很喜欢和他聊天，觉得他懂的很多，比一般搞文艺的人深邃，有洞察力。果然，我离开吕梁文工团不久，三处就成了省内外著名的词作者，源源不断地写出了很多歌词。

　　三处性情沉郁，经历过很多生活磨难，但他对土地、对百姓、对黄河的情感，浓到化不开。他写出来的词语，全部与黄河有关，与黄河岸边的百姓有关，与父老乡亲的命运有关。他柔肠百转、长歌当哭，笔下的每一个字，都是从土地里冒出来的。李三处是地地道道的兴县人。他的深厚、他的博学、他的身份，让他成为这个项目中不可替代的人。他可以担当多重角色：向导、翻译、民俗学者、对话者、撰稿者。

　　我决定推荐王蕾做这部书的主编，她任职的《人民画报》是擅长图文并茂专题报道的老牌杂志。王蕾有丰富的编辑经验，我与她认识多年，她性格内向、不激进、做事靠谱。2013年，我总编的"影观达茂"项目曾请她参与《托娅的头戴》一书的撰稿工作。而且，王蕾的父亲就是吕梁地区汾阳人，是北京电影学院美术系教师。王蕾虽然没有在汾阳生活过，但我相信她基因里与那块土地有一种血脉关联。我把这个项目告诉王蕾时，也告诉了她我关于这本书的想法。我们俩都很兴奋。

　　摄影者，我推荐的是宁夏回族摄影家海洋。海洋是黄土地上成长起来的摄影师，与土地有天然的密切关系。他知道一缕光什么时候出来，知道一棵树为什么低下哀伤的头，知道水滴与绿色对黄土地意味着什么，知道用镜头对准自己的父老乡亲时如何保有他们的尊严。2012年，海洋参加了我们组织的宁夏西海固上圈组"隐没地"影像实验项目，我们在西部荒原上朝夕相处。我看到他的影像天赋，更看到他把情感放在天赋前面。他寡言少语，克制地按下每一次快门。后来，海洋成为厚达七百多页的《隐没地》一书的重要作者。

海洋沿着黄河从宁夏来山西吕梁，土地的颜色都不变。我相信他一定能找到自己最独特的表达方式。

几年来，山西书画家李兴俊参与了中国传统村落保护与调查项目。在一个个古村落中行走，李兴俊用一种独特的方式来完成一个书画家的使命。每一幅作品中，绘画与文字恰到好处地安放，共同诉说古村落的陈年往事。

李兴俊出手有点儿慢，但是活儿非常细。我看过他制作的漆画，几乎要好几个月才能磨出一幅小小的作品。漆画上的乡间人物生动无比，仿佛能跳出画面。

2018年8月，我和四位一起，第一次到兴县黄河边考察。这是我青年时数次来过的地方。

黄河依旧，黄河边百姓的生活却有了明显变化。我们边行走，边开始构思这本书。黄河岸边，我们去了三个地方——碧村、黑峪口、寨滩。这三个地方，地势从高到低，每个地方都有无数传说、无数故事。

我们觉得以崖、口、滩三处作为本书的主体，就把这三个地方讲好，无须再漫游了。同行的一位吕梁市文联同行建议，书的名字叫"黄河三处"，我们当即决定就用这个名字。而且"黄河三处"与李三处的名字还有了契合。李三处最知道为自己的家乡述说什么、讴歌什么、惋惜什么。

三个地方都很有特点。现在还让我念念不忘的，是碧村的红色遗迹，还有离村不远的当年鲁艺西北分院的教室。

李三处

中国著名词作家，祖籍山西兴县蔡家崖，现居吕梁市。他满怀对家乡的热爱，几十年间创作出大量反映黄河生活、黄河精神的生动词作。他歌咏黄河、歌咏百姓、歌咏家乡的男人和女人，文字瑰丽奇峻，情感深挚。著名作曲家谷建芬曾称，李三处先生是中国最好的词作家。

黄河岸边是我家

春天回来的时候，我也回来了。

这里是我的老家——山西兴县。和我一起回来的还有三位艺术家——山西文联的李兴骏、宁夏摄影家海洋、人民画报社王蕾，我们的任务是，在黄河岸边深度采访老百姓的脱贫情况，然后写一本书。

黄河，是在我血液中流动的一条河。它的流动让我牢记着母亲就在对面的山上，踩着牛蹄印播种着谷豆和高粱，那闪亮的犁铧，和锈钝的日子形成了鲜明的对比，这不由得让我低着头，看着地，看着刚刚拱破泥土的小草，手中举着两季的积蓄……

这些年，家乡变了，变得让人认不出来了，原来低矮的窑洞像个蜷缩的老人，而现在的窑洞已经盖到黄河滩上了，高大、敞亮，从玻璃窗望出去，站在船头上吹唢呐的汉子神采飞扬，高速公路上运送土特产的车队浩浩荡荡。

黄河大桥秦、晋两端的戏台上，同时唱着从上游漂来的二人台和道情剧。那扭秧歌的妹子和割莜麦的后生，用方言叙说着一段段情话。这既古老又时尚的欢乐，让远道而来的游客举起相机，摄下这别样的风景。

红枣铺满河滩，灯笼挂满树林，甜透了的土地，在黄河的涛声中，把岁月的期盼晾晒在一家一户的窑洞门口，让守望在村头的失明老人，唱出了积压在心头多年的颂歌。

你盖你的小楼，他建他的商铺，脱贫攻坚让每一个贫困户笑得像花一样。他们用信念收割着播在塬上的梦想，永远离开了那苦涩的日子和陈旧的酸楚。每走进一座窑洞，都有大妈、大爷诉说着时代的恩惠和家园的幸福，同时还有儿孙们在城市里打工的收获。

从她们炸油糕和捏饺子的灵动中，能够看出她们对今天生活的热爱和认可。时代变了，人的追求也变了。那些曾经多少年都在山坡上刨食的老农民，现在已变成说走就走的观光客。他们的心境、他们的灵魂，已抖落了一生的尘埃，把一条长长的黄河拽在手里，让它两岸的经济发展，描绘成一张永久的蓝图……黄河鲤鱼摆上了秦、晋两省的旅游餐桌，红枣树下长肥的绵羊、山羊肉质粉嫩，一卖一个好价钱。沿河公路上的滩枣、乌枣、水晶枣远销北国南疆。玉米在院子里堆成各色各样的小山，高粱装满了每一个用柳条编织的粮囤。而这两种粮食，在老百姓的餐桌上已经很少见了。玉米用来做饲料喂羊喂牛，高粱用来酿酒酿醋发展经济。瓮里的糜子碾成软米，再磨成糕面，用胡麻油一炸，真是香飘十里，甜透万家。连大门外的花椒树也红出了一片天地，在金针花的映衬下格外迷人。

黄河岸边的老家变了，兴县农村的百姓富了，这首先应该感谢党的扶贫政策，还有那些吃了苦、受了累的驻村第一书记。老百姓已做了好多好吃的，等你们回来，还把你们的故事编成了好听的歌谣，在心里吟唱着……

引　子

底蕴丰厚的兴县，位于山西省西北部、吕梁市北端，是山西省国土面积最大的县，与陕西隔黄河相望。早在新石器时代，这里就有人类繁衍生息。这里的碧村龙山文化遗址为中国 2015 年十大考古新发现之一；这里是晋陕重要口岸，历史文化底蕴丰厚；这里是革命老区，抗日战争和解放战争时期，这里是晋绥边区（解放区）首府所在地、革命圣地延安的屏障和门户，为中国革命取得胜利作出了巨大贡献。

兴县曾是全国特困地区，2001 年被确定为山西省重点扶持的贫困县之首。2019 年底，兴县全力冲刺脱贫攻坚"最后一公里"，摆脱贫困迎小康。

2018 年，"影像见证新时代 聚焦扶贫决胜期"2018—2020 大型影像跨界驻点调研项目将兴县高家村镇作为调研点之一。高家村镇位于兴县境西部、黄河中游、蔚汾河下游。历史上，这里为晋陕两省交界地带，人员贸易往来频繁，兵家必争，名人辈出。今天，高家村镇发扬革命老区的优良传统，力求发挥地方文化特色，计划打造黑峪口村古渡口文化，以及红枣文化、龙山文化等品牌。

连片发展的蓝图，使得这里村村有关联。通过探讨各村特征，结合地区整体扶贫目标、人文特征，兴县调研组选择高家村镇的碧村、黑峪口、寨滩三座村落作为调研创作点，留下兴县黄河岸边的人们在脱贫攻坚关键年的影像记录，记下他们的心里话……

"吕梁小延安"，从一场推介会说起

2019 年 11 月 9 日，一场以"晋绥首府，红色兴县，生态农业，绿色产品"为主题的推介会，在山西太原的山西省展览馆开幕。展位上方，"吕梁小延安"几个大字引人注目。

1937 年 7 月 7 日，卢沟桥的炮声拉开了全面抗战的序幕，共产党领导的八路军、新四军开赴抗日前线。1937 年 9 月，贺龙与关向应率领八路军第一二〇师挺进晋西北，开辟了晋西北抗日根据地。1940 年 2 月 1 日，晋西北政府在兴县蔡家崖正式成立，晋西北军区司令部暨一二〇师师部进驻兴县，1942 年 8 月，中共中央晋绥分局成立。作为华北四大抗日根据地之一，晋绥边区阻敌西进，屏障陕甘。因此，兴县得名"小延安"。

兴县有一个蔡家崖，是牛友兰的故乡。1925 年春，牛友兰联合民主主

2018 年 6 月 21 日，兴县历史上第一列客运列车太原至兴县蔡家崖的"蔡家崖号"正式运营，对兴县红色文化旅游产业的发展起到了极大的推动作用。王会平摄影

位于兴县的晋绥边区革命纪念馆。王会平摄影

义思想人士创办的兴县县立初级中学，是当时晋西北唯一的中学。1941 年，贺龙在牛友兰提供的院落中种下了 6 棵柳树，这便是"叫亭而无亭"的六柳亭，新中国的创建者们就曾在这里畅谈国是。

1948 年，毛泽东、周恩来、任弼时等率中央领导机关和军委总部东渡黄河，在蔡家崖村发表了《在晋绥干部会议上的讲话》和《对晋绥日报编辑人员的谈话》。1948 年 4 月 4 日，毛泽东率领中央机关离开蔡家崖，前往河北平山县西柏坡村，将革命的胜利推向全中国。

拥有宝贵的红色革命历史资源的兴县，也曾是山西省集中连片的深度贫困地区。在党和政府的关怀和帮助下，兴县人民为摆脱贫困，不断寻求出路，踏实苦干。

兴县有黑、白、黄、绿、红五张名片——黑，兴县是煤炭大县；白，兴县是山西重要的铝工业基地；黄，兴县位于黄土高原腹地；绿，兴县是一块绿色的土地，有植被茂密的黑茶山、石猴山、石楼山等天然氧吧；红，兴县是革命老区。

近些年来，兴县把推进、扶持特色产业作为精准扶贫的有效举措，尤其是以兴县小米为核心的小杂粮产业，以及将打造晋绥边区首府旅游区作为老区人民脱贫致富的大产业。

过去，晋绥边区作为最早的敌后抗日根据地之一，是阻敌西进、保卫陕甘宁、保卫延安、保卫党中央的前哨阵地和重要屏障，是党中央和莫斯科联系的国际交通线，也是党中央和各敌后根据地联系的唯一通道。在解放战争时期，晋绥边区成了党中央转战陕北、解放全国的大后方。在陕甘宁边区和党中央最困难的时期，晋绥边区从人力、物力、财力等方面提供了极大的援助。晋绥党政军民为新中国的成立作出了巨大的牺牲。

当时间来到 21 世纪第二个十年的末端，兴县又"打响了一次战役"——决战脱贫攻坚。

2019 年底，兴县实现脱贫摘帽。

第一章

崖

——了不起的碧村

李兴骏根据李三处词作《墙头上的金针花》创作的画作。

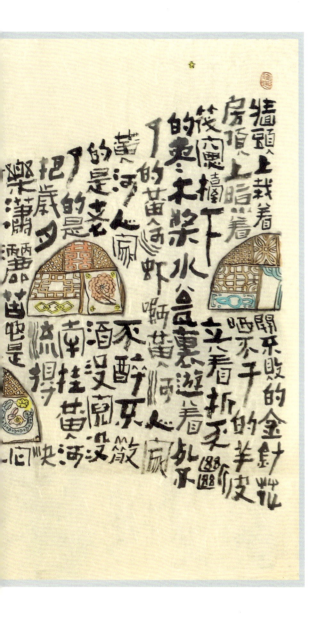

墙头上的金针花

李三处

太阳装在红兜肚里
一片直立的云霞
一日翻开一页
没有重复的话
满山遍野的娇妍
唯我挺拔
不是因为墙头
是因为窑洞的窗花
曾是老人捻胡须的日子
至金至贵的抽芽
挑黄河水的女人还未上山
已脱掉遮阳的汗褂
你也纤秀　她也娇娅
可难尽人意　见少闻寡
唯我立在墙头上
夸了东家　再唱西家

碧村白求恩国际和平医院第六分院旧址。兴县曾是晋绥边区的首府所在地，保留有多处晋绥边区红色历史遗迹。海洋摄影

2018年盛夏时节，调研组成员在兴县文联主席范永斌、摄影家协会主席王会平等带领下，来到兴县调研的第一站——碧村。

碧村建在山崖上，这个入选中国传统村落名录的村子远看像一座城堡。晌午过后的阳光照在墙头屋檐上，闪闪发亮。

村口在村高处的黄河公路边，一座石拱门由漂亮的花岗岩砌成。走过石门，一条河滩大卵石砌成的村路顺地势向下延伸。这条村路像是带我们通往未知，开启了黄河岸边的旅程。

碧村了不起，远有龙山晚期大型石城聚落的小玉梁遗址，近为晋绥边区政府重要机构所在地之一。如果站在黄河岸边回首山西，会感受到碧村优越的地理位置。在过去以黄河水运为主要交通方式的年代，碧村注定在国家的文化、政治生活中拥有重要地位。

今天的碧村虽"隐秘"了，但4000年的历史文化、近代革命红色遗迹，必将作为厚重的积淀，使其在乡村振兴的发展中，走向新的不凡。

碧村往事

调研组再来到碧村时，天下起了雨。村委会大院边的小路上，迎面走来一位撑着衬衫挡雨的汉子，他瞥见海洋手里拿着的照相机，用下巴向左前一指说："那个房子是以前和平医院的手术室，你可以拍拍。"这位是村党支部副书记白利平。

雨越下越大，白利平副书记将我们让进

白求恩国际和平医院第六分院旧址。王蕾摄影

碧村村口。海洋摄影

村委会办公室避雨。

"宋朝 1081 年，兴县县治所就设在碧村。这儿以前叫蔚汾镇，因为兴县的母亲河叫蔚汾河。"说起碧村，白利平副书记打开了话匣子。

在碧村半山腰好风水的位置，有一座外有照壁的院落，这里可说是碧村访客最多的"景点"——中共晋西区党委（晋绥分局）的办公地。1940 年，区党委先后驻兴县碧村、冯家庄村、高家村，领导晋西北群众开展抗日救亡运动。

白利平副书记提到的白求恩国际和平医院前身是晋西北军区后方医院，从 1937 年创办到结束约 13 年，收治八路军伤病员，为中央领导和军队高级干部检查身体和治疗疾病，为广大群众实行免费治疗。白求恩国际和平医院第六分院就设在碧村。

1944 年春，中央党校二部从黄河西岸陕西阎家堡迁回山西，到了碧村后，改名新民主主义教育实验学校。教学内容有农艺、工艺、合作经济、文化教育，设有政治、文化、生产劳作、军事、农村接生、育婴卫生等课程。为了便于学生实验，把行署工具厂和乡村田间作为实践基地，黑峪口完小和碧村的小学作为实验小学。

晋绥边区洪涛印刷厂旧址也在碧村。洪涛印刷厂于 1940 年 5 月在兴县创建，历经抗日战争、解放战争，对巩固根据地，实现金融独立、民族解放起了巨大的历史推动作用。战争环境下的洪涛印刷厂，为保证生产安全曾 6 次迁厂。1940 年 6 月，面对日军"大扫荡"，建成开工不到两个月的洪涛印刷厂接到行署财政处指示，于 6 月 15 日迁到兴县碧村。

2019 年农历正月，调研组在碧村拜访 86 岁的老党员王秀俊，听他讲述碧村过往。据老人回忆，洪涛印刷厂印刷边区流通货币，当时村里人有的在印刷厂当工人，有的在修械处，有的跟上队伍奔赴抗日前线。

碧村处处有晋绥边区革命遗迹，可能一座不起眼的旧院落，就曾是我党重要部门的办公地或重要领导干部的居所。碧村的红色遗迹是精神财富、物质财富。2020 年吕梁市政府工作报告中提出，要持续打造吕梁乡村旅游升级版，将文旅产业发展提到了前所未有的高度。目前，碧村恢复和平医院旧址等措施已经开始实施。在吕梁市、兴县的筹谋规划下，碧村丰富的文化历史积淀已成为当地走向富裕的出路之一。

李兴骏创作的绘画作品《碧村的传说》。

上 石 坐 姓 两 白 王

李兴骏创作的绘画作品《国际和平医院》。

过了今天是清明，
苍蜜洞里来了白求恩

晋绥边区洪涛印刷厂旧址。*海洋摄影*

鲁迅艺术文学院晋西北分院旧址。海洋摄影

碧村老屋，左边第一间是贺龙曾经住过的房间。海洋摄影

　　一进王秀俊老人家门，老人就拉着李三处的手坐下聊了起来。碧村这个名字就是他祖父和别人商量着一起改的。而对于自己的父亲，王秀俊的记忆是模糊的："我父亲在我 9 岁的时候，被日本人带走再没回来。后来我妈管村内的党务工作。"海洋摄影

　　王秀俊 1970 年入党。他和妻子育有两儿三女，重孙已经快 11 岁了，虽有四世，但不"同堂"，儿女各自生活，轮流回来照顾他。海洋摄影

　　王秀俊老人拿出一张全家福，老人手捧照片，满足地笑了。虽已86岁，但他还可以下地干活，自己种些蔬菜。老人说如今村里的条件改善了，地里通了自来水，种地浇水很方便。王蕾摄影

　　从蔚汾河岸边进村的小路边，一处神奇的摩崖石刻巨石引人注目。海洋摄影

　　蔚汾河碧村段。蔚汾河发源于吕梁岚县野鸡山，由界河口入兴县境，至张家湾村汇入黄河。目前，兴县正全力保障水污染治理各项工作，改善蔚汾河水环境，在全县形成保护蔚汾河水环境的浓厚氛围。海洋摄影

碧村的窑洞式民居。海洋摄影

一户村民家的大衣柜上贴满照片，是一家人的记忆。海洋摄影

　　碧村遗址为龙山晚期的一座大型石城聚落，这里发现了龙山时期规模最大的石砌排房及外围台地的围墙，并出土了大量玉器，为认识晋西乃至北方石城遗址的聚落形态与社会结构提供了宝贵的考古资料。海洋摄影

李兴骏创作的绘画作品《碧村小玉梁龙山遗址发掘》。

龙凶遗址暖碧村小玉梁上翔凤

51

2019年农历正月，碧村村民任左花和儿子白青利在自家门前。这座院子可以说是碧村访客最多的地方。1942年，中共晋西区党委（晋绥分局）曾在这里办公。在政府的帮助下，目前院子里的两间窑洞已被翻新，游客可以在此小住。海洋摄影

任左花家的窑洞还保留有木质的传统门窗。海洋摄影

任左花在家包饺子。饺子皮不是擀成的，而是用手捏出来，包好的饺子像元宝。王蕾摄影

熏制好的枣。海洋摄影

任春林的碧村愿景

碧村党支部书记任春林 1973 年生人，看上去还是个后生模样。

1990 年，17 岁的任春林离开碧村去河北邢台当兵，复员后成为职业驾驶员，曾给煤老板开过车，跑遍北京、山西、山东等地⋯⋯2009 年，任春林回到碧村，2012 年竞选村党支部书记并当选。村民选他，是因为村里需要见多识广的干部。

调研组第一次来碧村时，任书记在外地跑项目，接待我们的是年轻的村委会主任王凯鹏。王凯鹏大学学习的是建筑专业，毕业后没有留在城里，而是选择回到家乡。"回村里跟着任书记他们可以有很多事情做。"王凯鹏说。现在，更多从村里走出去的大学生毕业后选择回乡创业，政策的支持和家乡日新月异的发展让他们更有信心——建设自己的家乡，是分内之事，自己的专业也有了用武之地。

至于当年任春林为什么要回来，他的回答很实在——"留在北京或者山东，或者去别的什么地方，我感觉都不是最好的出路。我想自己干，条件最适合的就是回家。"

"在外面也不是那么好干的，外面得有外面的条件，回家有自己的优势。"在村办煤炭运输企业办公楼二楼的办公室里，任春林从村干部变为企业负责人。这座小楼就坐落在 313 省道边，来来往往都是运输煤炭的货车。任春林回村前，刚好 313 省道通车，山西、陕西的煤炭运输生意火了起来。于是，

碧村党支部书记任春林。王蕾摄影

　　10月是红枣收获的时节，村民们在挑拣、打包熏制好的大枣。高家村镇被誉为兴县红枣之乡，红枣熏制是这里的传统手艺，熏制的枣销往全国。海洋摄影任春林和村干部们合计，以村集体经济组织形式开了这家煤炭贸易公司。

"把当时竞选的事给我们讲讲吧。"李三处开门见山。

任春林说："过去碧村几乎没有集体收入。老百姓靠天吃饭，种红枣，加工一下，年成好的话能挣点钱，年成不好还赔钱。最怕收红枣的时候下雨，一下雨就落枣，一年也就白干了。所以我就想，要改变村里这样的情况。"

任春林祖辈务农，父亲是村里的拖拉机手。那个时代，一个公社就一台拖拉机。拖拉机手是有技术的人，是农村"八大员"（技术员、卫生员等）之一，很体面。"我父亲人活套（灵活聪明），他把乡镇上给各个村里的化肥等农业物资送到村，见多识广。"受父亲的影响，任春林也是一个思想活络的人，别看他人看上去温和腼腆，但做起事来十分果断。

碧村有300多户人家。从2013年开始，任春林把村里南山集体的一块地流转出去，开了惠农生猪养殖场，带动贫困户参股，年底分红。承包人提供猪仔、饲料、防疫用度等，村民负责饲养。养的猪300天左右就可以出栏，目前养了2000多头猪。这个项目以"企业+合作社+农户和贫困户"的方式运作，承包人从养殖、屠宰加工到销售、运输，给予合作农户"一条龙"服务，村民利益有保障，这一项让村集体年收入增长了二三十万元。此外，任春林看到碧村煤炭运输的地理优势，联合大伙儿一起干起了煤炭运输，也积极与外地的红枣产品研发和经销企业机构合作，让当地这一传统种植项目再增收。

对于未来，任春林和同事们还有一个比较大的项目，与其说是项目，不如说是碧村发展的愿景，那就是打造文化旅游村。一方面，村里继续搞多种经营，增加农民收入；另一方面，村里古代遗迹、红色革命遗址越来越受到外界的关注，文化旅游资源独具优势。

2016年，碧村被评定为第四批中国传统村落。

"修缮资金也已经批了下来，村里的部分历史旧院落已经开始修缮。将来我们村在文化旅游方面会有一个整体设计，尽力复原过去的历史风貌。比如和平医院和洪涛印刷厂已经被文物部门列入规划。"任春林说。

说起来，碧村悠久，文化遗存丰富，这里的小玉梁遗址就是最好的证明。听到这里，李三处问："我们听说以前村里面经常能捡到玉啊什么的，你小时候有没有印象？"

村民在挑拣熏制好的枣。海洋摄影

　　熏枣之前，先要将大枣煮到半熟状态。兴县是沿黄红枣种植历史最悠久的地方之一，出产的红枣品质超群，口感出众，村民们世世代代以栽种、经营红枣为生。兴县从 20 世纪 70 年代开始进行红枣加工，兴县熏枣成为品牌。海洋摄影

　　"我虽然没有亲眼见过，但是听老人们说过，比如种树挖树坑的时候就能挖出玉来。刚开始的时候大家也没有多去关注，后来村里来了考古队，大家才知道这些玉原来那么古老。"

　　碧村蔚汾河、黄河的河滩上有1500亩老枣树。整个村庄面向蔚汾河湾，背向公路，夏天安静清凉。站在房顶，就可以远望黄河蜿蜒而过。近些年，开始有一些画家、作家和艺术院校的学生来村里小住、创作。

　　"碧村环境好，可以搞一个类似创作基地，比如与文联联合。写书的人多，特别适合到村子里住着。你估计也琢磨过这个事儿，但是怎么推广呢？怎么做呢？"李三处问。

　　"县里美术协会的老师问过我，想在我们村搞一个美术采风基地。县里和吕梁市的摄影家协会经常来这里拍摄创作，这也给我们村起到了宣传推广作用。我们村'两委'也是想向休闲旅游方面倾斜发展，将来把村里的传统院落修复，联合各界力量，协同高家村镇的发展、县里的整体发展，相信会很快实现这个设想。"任春林想了想，接着说，"至于现在，就是把村集体企业做好，把枣树品种改良，尽力解决老百姓的切身问题，提高大家的收入，奔小康。"

　　2019年，碧村村集体经济实现"破零"，达到56000元。光伏产业和劳务输出已形成碧村的经济支柱产业。多项举措落实"三保障"，危房改造、引水工程、贫困村提升等工程有条不紊地进行，并已见成效。

　　当下，碧村正全力巩固脱贫攻坚成果——各项惠民政策精准落实到户到人；推进使用光伏扶贫收益二次分配，办好村集体公益事业；全力开展劳动力提升工程，推进劳务输出，提高务工收入；发展农村旅游，扩大历史名村的辐射力，推动传统文化古村落建设；发挥黄河流域气候优势，继续推进红枣种植和深加工，扩大特色小杂粮种植项目、坡地退耕还林生态项目等。

　　碧村，正向建设美丽乡村，实现生产发展、生活宽裕、乡风文明、村容整洁、管理民主的目标进发。

2019 年农历正月，碧村人家大门上贴的门神。海洋摄影

碧村年代久远的石头村路。王蕾摄影

冬日的碧村枣树林中，牧羊人赶着羊群。王蕾摄影

第二章

口——黑峪口，

黄河渡口的前世今生

李兴骏根据李三处词作《黄河岸边的古戏台》创作的画作。

黄河岸边的古戏台

李三处

烧香的已经离去
唱戏的还在这里
锣鼓穿过隔世的春秋
管弦漫过神话的天地
那水袖卷起的浪花
盛开着九十九道弯里的诗意
啊，黄河岸边的古戏台
渡口船泊灯火
河畔竖挂酒旗
那一板一眼的唱腔
唱的是黄河岁月
听的是神州风雨

拜神的已经离去
看戏的还在这里
歌声绕过雕花的龙柱
舞步踏响翠柳的河堤
那天幕遮挡的月光
挥洒着九十九道弯里的甜蜜
啊，黄河岸边的古戏台
沙滩欣赏戏文
栈道品味歌词
那一长一短的曲调
唱的是黄河情韵
看的是中华传奇

黄河岸边的黑峪口，曾是一座大气磅礴的村落。

黄河流经兴县 80 多公里，三里一渡，五里一口。其中黑峪口古渡与陕西省神木市隔河相望，是历史上的大渡口。今天，兴神黄河公路大桥的建成使黑峪口仍处在十分重要的交通枢纽位置。

黑峪口的历史到底有多长？

元代，这里被称为黑关。从地形上看，黑峪口背后有两座大山，山岩上长满黑绿色的地衣类植物，远远望去两山呈黑色。在明朝，这里被称为黑峪口。从明清时期到 20 世纪七八十年代，这里一直是晋陕两省物资流通的重要通道。

黑峪口人杰地灵，是开明士绅刘少白等名人的家乡。

刘少白是民主战士、共产党员，被誉为中国红色银行事业的创始人之一。毛泽东曾说，刘少白"在抗日战争和抗日战争以后的困难时期内，曾

山西吕梁兴县高家村镇黑峪口村。王会平摄影

经给我们以相当的帮助"。村中建有以他命名的少白希望学校。

黑峪口村最繁盛的时候，全村人口达到2000多人。

过去，黑峪口南来北往的商贾如云，既有晋中的商家，也有北路的船家，甚至有从北京、内蒙古、山东来的人定居于此。这里曾经渡口繁忙，商铺、客栈林立。

调研组来到高家村镇黑峪口。一路上，听陪同的兴县文联主席范永斌和摄影家协会主席王会平对黑峪口的介绍，加上对黑峪口过往的想象，脑海里闪现出碛口镇的样貌。然而，当年的黑峪口想必比碛口庞大得多。

虽然今非昔比，可黑峪口仍然可以说是河岸边最热闹的村子。说是村落，不如说是一个社区，房屋密匝，人口多。村口的一排小商铺仿佛是对昨天的致敬，俨然是这一带的小商业中心。

调研组在与兴县高家村镇党委书记王俊杰的交流中得知，黑峪口村将成

黑峪口村少白希望学校校园。海洋摄影

黑峪口村少白希望学校老校舍。海洋摄影

为文化兴镇的重点村落，"重现 300 年前的风貌"。王书记还介绍说，黑峪口自然资源得天独厚，人文历史底蕴深厚，下一步发展前景广阔。在省、市、县、乡、村各方力量的共同努力下，要把握机遇、顺势而为，进一步推动黑峪口成为第二个"碛口"古风俗村落，将其打造为"天边古渡黑峪口"。

目前，镇里正在规划发展模式，设计规划布局，打造美丽乡村，走文化产业脱贫之路，力求将黑峪口古渡打造成集农业观光、农事娱乐、度假休闲为一体的乡村旅游产业发展链。2019 年 4 月，由县委宣传部、旅游局、高家村镇举办的"体验民俗文化、感受古渡魅力"中国·黑峪口首届黄河古渡民俗文化旅游节启动仪式在黑峪口村举行。同年，黑峪口村成为"全国乡村振兴示范点""省级旅游示范点""兴县美丽乡村建设示范点"。

重塑昔日古渡风采是黑峪口村重要的发展起点和契机，也是历史性机遇。相信在不久的将来，我们可以看到黑峪口的华丽重生。

人才兴村，教育扶贫——少白希望学校的故事

得知调研组前来黑峪口采访，黑峪口村党支部书记任亚平、老支书任继唐、村委会主任任伟、曾经担任少白希望学校校长的任维贵四个人早早就等在了村口。

除了刘姓，黑峪口村任姓居多。在两位任书记、任主任和任老校长的陪同下，调研组从村委会出发，向村里走去，先来到了少白希望小学。据资料记载，与传统渡口不同，黑峪口不仅以物资流通闻名远近，而且因为兴学办学而名垂后世。

早在 1919 年，这里就成立了晋西北第一所国民女子学校。而在更早，镇上的商贾大户就让女子放小脚，读新书。在 20 世纪二三十年代，黑峪口村在外读书的就有 20 余人，有的还进入清华、北大就学。这一切，除了兴县人有尊师重教的传统之外，更主要的是因为黑峪口村出过一个非常开明的人物——中共早期共产党员、著名士绅刘少白先生。

刘少白一生为革命奔走，同时念念不忘家乡的教育事业，他同开明绅士牛友兰先生共同兴学办学，培养出众多出自兴县及周边县的早期知识分子。黑峪口是兴县最出人才的地方，今天的黑峪口少白希望学校，就是刘少白后人捐资修建的。

黑峪口村少白希望学校教室内，老师在给孩子们上课。刘志伟摄影

学校有着红色的围墙，主楼一共四层，校园内空旷整洁，后面有一排老教室，每间教室外靠墙根的地方都有一个烧地暖的添柴口。

老校长任维贵介绍说，以前村里只有小学，教室就是这几间窑。1995年10月，刘少白后人捐款建成了第一期校园，11月正式投入使用。

任维贵记得少白希望小学的开校剪彩仪式是在1995年11月25日进行的。

任维贵从1995年到2006年一直在学校教书，后担任校长。初期这里只有小学，有100多名学生，基本都是本村的。但村里老百姓有办中学的需求，最后县教育局同意设立中学，当年就开了一个初中班，收了30多名学生，第二年增加到50多名，一间教室里挤得不行。以后，学生人数不断增加，老师们就搬到窑里办公，学校的屋子全当教室。2002年，有100多名需要住校的学生没住处，都在村里周边租房子住，不好管理，也不安全。于是，2002年，村里克服困难，筹措资金建设第二期校舍，把学校西边的旧窑拆了，修了新房子。新校建成后，来报名入学的学生越来越多，很快就不只本村的，还有周边村里的，更有陕西过来的，甚至城里来的孩子，生源很好。

调研组来到学校时正值寒假期间，没有学生。校园是再普通不过的校园，但两栋二层楼的教学楼和宿舍楼在这里显得很讲究。

随着学生人数和年级课程的增加，学校的教师人数也逐渐增加，最多时中小学教师共有21位。任维贵说："起初老师不好找，基本都是代教或民办教师，正式教师也就一两个。我当时也是民办教师，1996年转正的。"说起过往的困难，任维贵不无感慨。

李三处说："那时候当教师不容易，现在的教师不是这情况了。"走在一旁的老支书任继唐接过话茬儿："现在经费全部由财政拨款。明年就又来一批新老师，工资待遇都有保证，农村老师还给补助生活费。"

任继唐在黑峪口村当了近30年村支书。他1969年回到村里，也在学校当过老师。1976年，他入党并担任村党支部书记。起初困难重重，最糟糕的时候村里每人一年只能分到十几斤粮食，加上自然灾害频发，苦不堪言。随着改革开放政策的实施，水旱码头的黑峪口人的思想也逐步开放，很快重拾从商传统。以任继唐的说法，其实村里人本就不善务农，重商的人眼界宽，自然也就重视教育。

"再穷不能耽误孩子。"黑峪口的重教传统代代相传。

教育扶贫直接关乎后代、民生。少白希望学校不仅是为本村和周围村子解决了孩子们就近上学的问题，更是兴县基础教育的重要试点。学校虽然地处偏僻山村，却牵动四面八方。地方各级政府、在这里战斗过的老一辈革命者的子女们、少白家族在海内外的后代们、从少白希望小学走出去的各界翘楚们，无不牵挂着这所不平凡的学校，并尽其所能为这所学校添砖加瓦，让周遭十里八乡的孩子们有学上、出人才。

芝麻饼传人任贵平，把黑峪口小吃做出品牌

任贵平 48 岁，是黑峪口村党委委员，他的另一个身份是任氏芝麻饼第六代传人，他正计划将任氏芝麻饼申报县、市非物质文化遗产。

"我们边上的寨滩村开始搞旅游，我很受启发。"2018 年，任贵平牵头搞了一个联谊会，想把黑峪口的芝麻饼和油馍推出去，不能局限于兴县，还要推广到全国。

"我想利用网络平台销售，开网店。产品保质期达到 6 个月，包装也

任贵平在做芝麻饼。王会平摄影

要设计好，有特色。当然，注册商标首先要有营业执照、小食品加工许可证。"任贵平说。

"能申报成非物质文化遗产就好办多了。"李三处说。

任贵平说："这个我有信心。"

任贵平是见证了黑峪口重走商品经济发展之路的一代人。交谈中，他讲起了黑峪口的过往——没有兴神黄河公路大桥的时候，黑峪口承担渡口功能，所有货物都必须以渡船运输，从山西保德、内蒙古来的货物在黑峪口下货，通过人力把麻袋从船上卸下来。"那时从河畔往上背一个200斤重的麻袋的报酬是5毛钱，后来增加到2元，还有炭、木头等都是从水路来。另外，还要把这边的物资运到陕西，也需要人力装船，如马镇、盘塘、沙峁等地用的化肥，都是从兴县运输过去的。化肥从县城拉到黑峪口，再由村里人用小平车拉到离渡口最近的地方，再由人背上船。"

李三处说："可以想象那时候码头肯定是热热闹闹的。"

兴县县城是逢单日有集，黑峪口是逢双日有集。一直到兴神黄河公路大桥通车，也就是2000年以后，集慢慢就没有了。大桥通车后，去陕西十分方便，就不再需要在黑峪口停留。"过去我们都干过渡口的活儿，搬化肥什么的，那时候我才十几岁，麻袋一个人扛不起来，两个人给抬起来放到肩膀上。"任贵平说。

那时候的黑峪口基本没有外出打工的人，因为在村里就可以挣钱，虽然挣得不多，但手头宽裕一点也就知足了。

"但当时做买卖被认为是投机倒把，我就把我奶奶蒸的馒头揣到怀里，走到街上，偷偷卖。"任贵平说。

改革开放后，政策放开了，黑峪口的人又慢慢开始做买卖，在街上摆摊，卖兴县的冒汤、芝麻饼、油馍、麻花、月饼、切糕、莜面……"记得一年大集，我们家最多一天卖了80斤莜面。我们还打了芝麻饼、油旋饼、黄饼子，好几种，来赶集的人都喜欢买。过一个三月三古会，收入就能保障一年的生活。三月三古会有大集，那时候的牛驴骡马市很热闹，整个沟里全是牛驴骡马，来买牲口的人都要提前到我们这里住下。"

现在，随着人口流动、信息传播，黑峪口的小吃不仅被当地人所喜爱，也名扬邻县市、邻省。所以，任贵平现在一心想把自家的芝麻饼传承搞出名堂，网络直播是他认准的方式之一。可是做直播售货并不容易，食品加

2018 年的黑峪口村三月三大集。如今，赶大集已经成为一种民俗活动，除商品交易外，还兼有娱乐、旅游的功能。王会平摄影

工的卫生要求十分严格，保质期也是一个问题。

"目前我正和村里商量，看能否找到合作方。我相信任氏芝麻饼一定有市场。"任贵平说。

刘建平，从摆渡船工到致富带头人

年近六旬的刘建平是黑峪口的名人，村口公路边的加油站就是他的生意。加油站解决了村里几十人的就业问题，最好的时候年收入两三百万元，刘建平成了村里名副其实的致富带头人。

坐在我们面前的是一位结实黝黑的汉子，嗓音沙哑。李三处问："为什么嗓子不太好？"

"年轻的时候干船工，嗓子喊坏了，黄河水哗哗的，声音低了，别人根本听不见。"刘建平解释道。

兴神黄河公路大桥建成之前，过黄河靠轮渡，在轮渡之前，过黄河靠船工划的大木船摆渡。黑峪口村现在还有老船工。

刘建平说，过去冬天要把渡船每晚都拉上岸，村里的人都被叫出来拉船，有负责喊号子的人，大家跟上节奏把船拉到岸上，第二天再把船推到黄河里。如不把船拉到河岸上，河水结冰会毁坏船身。村里很多人小时候都拉过船，有时候遇上流水急或有坡度的地方，经常是拉半小时船都不动。至于摆渡，更是危险重重，有南风的时候可以用帆，由艄公（掌舵的）控制方向，划船的是力气大的后生们。

李三处问："你什么时候开始干摆渡的？"

"大概十六七岁。"刘建平说。

1980年，19岁的刘建平成为摆渡船的承包人，承包的船属于村大队，有20多人跟着他一起干。那时候村里很多人会划船，懂水性，挣下钱大家一起分，养家糊口。但逢赶集的时候，他们会把陕西过来的人免费送回去。

李三处问："木船从这儿渡过去要多长时间？需要几个人划？"

"能载40人的木船跑一个来回也得两小时，那时候水可大了，摆渡很需要技术，不是说直接就能过去。水的冲力很大，如果仅靠水流推动，船到对岸就会被冲得离对岸渡口很远了，所以要迂回着走，有时候就得靠纤夫拉。船夫需要五六个人，可累了。两班人，三个人负责一支桨，喊号子、换手，后面一个人搬船（掌舵）。后来有了机动船，就能直开过去了，机器马力大，动力足。"刘建平说。

李三处感叹："这个活儿也有风险啊。"

"有风险。但我经历的都是有惊无险。就是有一回没有把船上载的车的手刹刹住，停的时候溜了车，把船划了道印。后来集体为了安全考虑，把木船换成轮渡、大铁船，连车带货都能带到船上，我就接着干承包，一直到兴神黄河公路大桥通车。"

刘建平先后承包过客运船、货车队，不像很多人那样离开黑峪口去外地寻求发展。

刘建平说："村里人都是有头脑的，水旱码头边上的人比较聪明，见识广。本来农村应该以种地为主，我们这里是又农又商，老一代人都会做买卖。"

最忙的时候，刘建平早上起床时都觉得缓不过来，中午也不能休息。他每天安排各种事情，有时还得解决纠纷，吃饭就在饭馆里随便吃两口，赶快继续干活。"不能让人家货车司机等，你耽误一会儿时间，人家就要

曾经是黄河摆渡船工的黑峪口村致富带头人刘建平在兴神黄河公路大桥边。王蕾摄影

如今的黄河上早已没有了渡船。兴神黄河公路大桥建成通车后，两岸百姓生活发生了很大变化。王蕾摄影

等好久，因为运货的车实在是太多了。"刘建平说。

20 岁的时候，刘建平就成了家，爱人是亲戚介绍的。"我成家比较早，什么也不懂，糊里糊涂地就结了婚。我老婆可是跟着我受苦了。"说到自己的爱人，刘建平很是心疼。现在刘建平的 3 个儿子都成了家，6 个孙子都在太原读书。

刘建平的加油站有八九台加油机，工作人员两班倒，每人每月能挣 3000 块。

"您这也算是为村里解决了就业啊。"李三处说。

"是。不过如今清洁能源车越来越多，加油站也不太好干了，我的加油站也加气。因为有做这个买卖的经验，我想扩展市场，在全国哪个地方有市场，就到哪个地方干。"

刘建平是典型的水旱码头人，又走水路又走旱路，既组建车队、开渡船，又搞加油站。李三处说："一看他就是个利索人，做生意全凭自己，聪明、有胆量、诚信。"刘建平则认为自己是赶上了好时候，再加上年轻时血气方刚，有闯劲儿，即便自己一穷二白，也顶住挺过来了。

"不奋斗，肯定不行。"刘建平说。

三个月在家　九个月行船

李三处

石头砌的窑洞

石头垒的堰

撩起门帘往外看

那石板路上挑水的

可是自家的男子汉

一年四季

三个月在家九个月行船

挽倒糜子割了谷

才温热了炕上的羊毛毡

酒葫芦拴在腰带上

满了又干

干了又满

甚时候能解下来

换成这粗瓷大碗

罢罢罢

想也是白想　看也是白看

男人是波里的魂

浪里的山

离开女人却离不开船

三个月在家也就够了

这窑洞里的爱

祖辈就浓就短

老船工

李三处

纤绳背在肩上
黄河把你拽成一张
紫铜色的弓

荆棘一年一年长满栈道
脚趾一岁一岁雕刻碑文
那老河珍藏的书简上
写满你碧血涂抹的履历
和世世代代葡匐的人生

也许在窑洞的土炕上
留下你爱的青果
酒店账房的麻纸上
写满你发黄的姓名
可那信天游润湿的目光
早已在桅杆上折断
留下的只是
被回忆磨亮的火盆

没有时光的嗟叹
只有往事的印痕
黄河与你一起
书写着额头上的皱纹
几十年与波涛为伴
带走的全是岁月的黄金
但你决不因此而挂起双桨
把黄河的呼唤
置于无奈的叹息之中

黑峪口村美丽乡村综合提升规划的设计效果图。（翻拍）

村"两委"齐心打造"天边黑峪口"

任伟是从黑峪口走出去的大学生。2003年,他从山西大学体育系本科毕业后回到兴县,当了一名高中体育老师。2012年,任伟与人合作在县里办起一所民办高中。

2018年,黑峪口村民委员会改选,村党支部书记任亚平为了增强村"两委"的力量,想到自己这个大学毕业的本家见多识广,于是便鼓动任伟回乡参选村委会主任。在我们见到这位返乡大学生时,任伟才刚刚上任半年。

"总书记惦记老区发展,这对我们是很大的鼓舞,我想我也要出力,也要回农村锻炼锻炼。"任伟说。

任亚平的一句"回来咱们一起努力"坚定了任伟回乡的决心。他安顿好学校那边的日常事务,回到村里,加入到家乡脱贫攻坚的事业中。目前,黑峪口的美丽乡村建设已经开始,第一期投入的鱼塘养殖和中草药种植项目已经开始,鱼塘的二期工程也马上就要建设。

"现在是脱贫攻坚的关键时期,我想做点儿实事。我在县城待的时间长,认识的人也多,能给村里办些事。"任伟说。而任亚平之所以动员他回村,是因为他有文化。"现在农村脱贫需要有文化的人。而且他就是这个村的,虽然考大学考出去了,但毕竟对村里很了解。村里现在的青壮年大多外出做事,常住人口老龄化。但村"两委"班子需要年轻化,我今年42岁,任伟比我小7岁,更年轻。"任亚平说。

任伟被任书记请回了黑峪口村，充实了村"两委"班子。"过去大家都选择外出打工，那是因为生活确实困难，所以，我们努力的目标就是要把黑峪口建设好，给村民提供更多的就业、增收机会，我想那时候大家都会回来的。从去年开始，我们这儿的美丽乡村建设开始了。2018年6月，习近平总书记来到咱们兴县蔡家崖视察。总书记惦记老区发展，这对我们是很大的鼓舞。"任伟说。

任伟拿出来一册规划书给我们看，封面上印着黑峪口村美丽乡村计划的目标效果图。之前，调研组已经在高家村镇了解到镇里、县上计划把黑峪口村打造为文化旅游村，重现当年渡口文化盛景，吸引投资商和八方游客。而黑峪口借美丽乡村建设向这个长远目标迈出了第一步。

"搞旅游是大目标。目前村里有2500亩土地，我们计划今年以村民入股的形式先流转至少500亩土地，种植药材，现在选择的是种植黄芪，收益比较快。老百姓也不用掏钱，以土地入股，赚了钱是大家的，赔了算我们的。"任伟说。他们计划先试行一年。

黑峪口村党支部书记任亚平。王蕾摄影

2018 年 12 月，黑峪口全村脱贫，但巩固脱贫成果是摆在村"两委"面前的重要任务。"我们不能过个两三年让人家说我们成效不高，不然我回村里来就算失败了。"任伟说。

建设黑峪口的最终愿望是让更多的人了解黑峪口，来黑峪口看一看这片土地。任亚平和任伟对村里的优势也有着清醒的认识，任伟说："过去我们有过辉煌，希望今天能通过我们这一辈人的努力再创辉煌。镇上和县里已经把打造黑峪口作为重点项目了，我和任书记都觉得现在正是好时候，就看怎么好好干了。"

黑峪口村受区域条件局限，发展旅游还要走一段路。目前，村里缺乏对旅游资源的整合规划，即使有游客慕名而来也留不住。旅游增收一大部分靠住宿餐饮，留不住人，老百姓就增收不了。"所以第一步要把美丽乡村建设好，把村子修建得整整齐齐，规划好，绿化好。把村子和周边的旅游项目开发出来，再搞农家乐，让游客住舒服的窑洞，吃美味的小吃。"任伟说。

对于潜在的旅游资源，任伟如数家珍："我们村有青龙山，和青龙山

黑峪口村村委会主任任伟（左）与村党委委员、任氏芝麻饼第六代传人任贵平。海洋摄影

黑峪口村一孔修葺一新的窑洞。海洋摄影

相对的是白虎山。白虎山上面有一个古堡，里面有十孔窑洞，可以打造那个地方，先铺路上去，用河滩的石头一块一块地铺，很有特色。村子后面还有一块空地，修几座小院，来住的游客一出门就能看见黄河。"

"此外，兴县好多特色小吃都出自我们黑峪口，比如芝麻饼、油馍、凉粉、油糕、素糕、豆腐、豆面饼子……可以说，这里家家都有一份特色小吃，让来咱村的人都尝尝黑峪口美食。"

任伟还在设想："我们想先在村口竖起一座牌楼，写上'黑峪口欢迎您'，或者'天边黑峪口'，来往车辆经过时很容易看到，车上的人就会想知道黑峪口是什么地方了。时间长了，黑峪口的名头就响了。"

黑峪口村主街。海洋摄影

2019 年农历正月，黑峪口村，拎着凳子去村口看戏的老大娘。海洋摄影

村里的社区直饮水水站，方便村民用水。海洋摄影

2018 年夏天，黑峪口村。为逐步改善村容村貌，院落外墙统一刷上灰色涂料。海洋摄影

黑峪口村卫生室。海洋摄影

黑峪口的窑洞式民居。海洋摄影

黑峪口村正在进行的美丽乡村工程——引水涵洞。海洋摄影

黑峪口村综合服务站。海洋摄影

2019 年农历正月十五，黑峪口村黄河滩上的九曲黄河阵。海洋摄影

2019 年农历正月十五晚，黑峪口村黄河滩上，人们在转九曲，祈福风调雨顺。海洋摄影

黄河岸边转九曲

寨滩村刘侯命老人在他的说唱《赞黑峪口》中这样描述"转九曲"：

> 正月十五闹花灯
>
> 齐河两岸灯火明
>
> 兴神大桥一条龙
>
> 当街立下神仙棚
>
> 青龙山上请下神
>
> 白天授香夜观灯
>
> 花炮礼炮放得紧
>
> 八音鼓手吹得真
>
> 男女老少来观灯
>
> 热闹胜过扬州城

2019 年农历正月十五，调研组来到黑峪口，目睹了黄河岸边这一古老的民间习俗。

晚 7 点，黑峪口村黄河岸边，礼花腾空而起，在空中爆出各种形态的火焰花，村民们手捧点燃的自制纸灯，齐聚九曲阵前，在领头人的号令下，一起在竹子搭建的仙棚下祭拜神灵，祈求新的一年风调雨顺，祥和顺遂。拜神完毕，人们走进阵中，顺着九曲阵慢慢行进，转完一个阵，就算是祈福完毕。

据说，转九曲起源于军事，后用于祀神，在历史的长河中逐步发展为今天黄河岸边汉族民众在正月的民俗游艺娱乐活动，寓意吉祥。

转九曲从农历正月十四开始，延续至正月十六，一共三天。其间，村民们会制作各式小花灯用来祈福。每年春节，在外经商、打工、求学的游子都会回到村里，全家聚在一起过年，吃最地道的家乡年饭，过地道的地方习俗，等到正月十五一过，在外打工的人、求学的孩子就又陆续回到各自的城市，继续一年的忙碌。

将来，黑峪口村的春节一定会更加红火。那时，这里已经变为灯火阑珊的古文化村，来自全国各地的游客住进村里干净温暖的窑洞，品尝兴县美食，和村里的人们一起到黄河岸边转九曲，看花灯。

2019 年农历正月十五清晨，雪后的黑峪口村。海洋摄影

2019 年农历正月十五，回村里过年的年轻人抱着晚上转九曲所用的鞭炮、烟花。海洋摄影

2019年农历正月十五，村民在村口看戏。海洋摄影

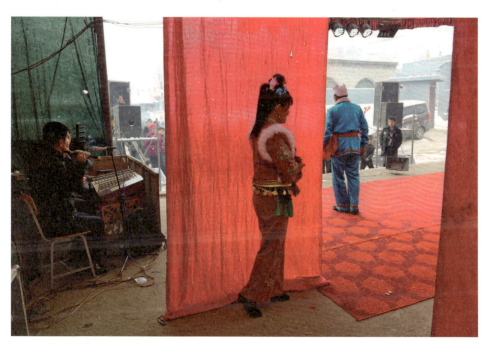

村口设起戏台，演员们正在演出二人台。王蕾摄影

　　新春正月，村里请来二人台剧团演出，戏台就设在村口空地，看戏的村民们为取暖就地生起炉子。海洋摄影

　　黄河滩上的九曲黄河阵。海洋摄影

2019年农历正月十五，黑峪口村综合服务站外的小黑板上写着转九曲的通知。王蕾摄影

家家户户自制转九曲的花灯，祈福平安顺利。王蕾摄影

春节期间，村中小院挂着红灯笼。王蕾摄影

老屋窗花。王蕾摄影

黄河滩的石头垒成的院墙。王蕾摄影

举起手机，拍下转九曲。海洋摄影

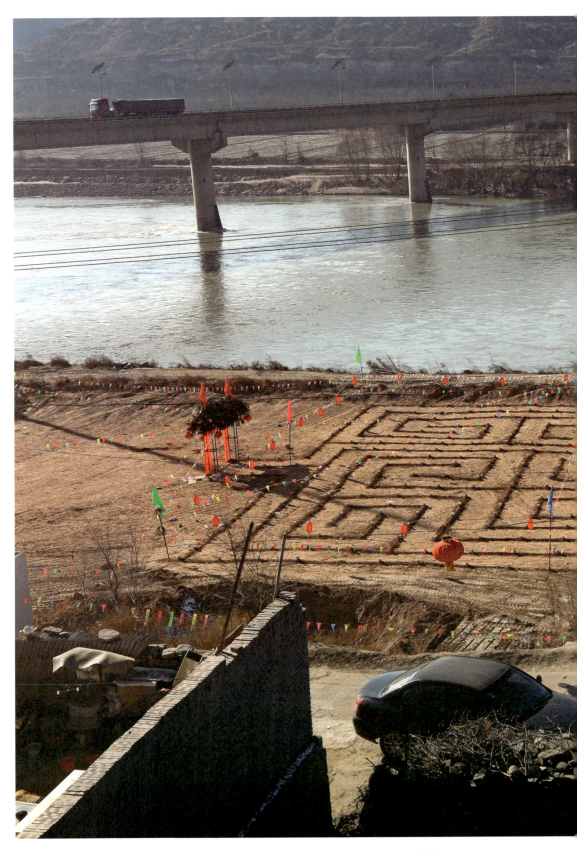

2019 年农历正月，从黑峪口村望向黄河岸边的九曲阵和横跨黄河的兴神黄河公路大桥。王蕾摄影

第三章

滩
——枣林人家，寨滩村

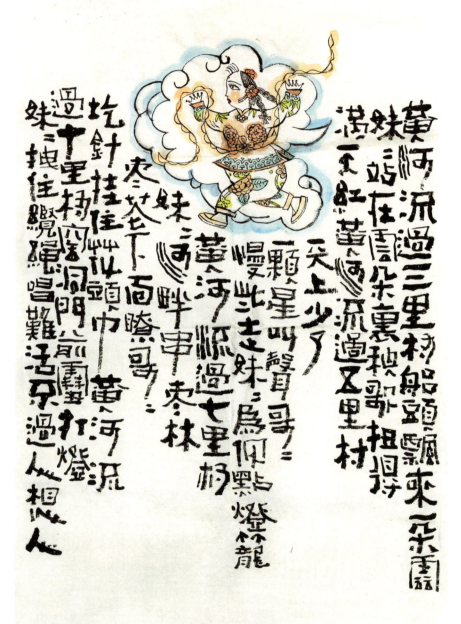

李兴骏根据李三处词作《黄河情歌》创作的画作。

黄河情歌

李三处

黄河流过三里村
船头飘来一朵云
妹妹站在云朵里
秧歌扭得满天红

黄河流过五里村
天上少了一颗星
叫声哥哥慢些走
妹妹为你点灯笼

黄河流过七里村
妹妹河畔串枣林
枣花下面瞭哥哥
圪针挂住花头巾

黄河流过十里村
窑洞门前雪打灯
妹妹拽住缆绳唱
难活不过人想人

寨滩村村口枣林路。王蕾摄影

第一次到寨滩村是在 2018 年的盛夏。从宁夏自驾而来的摄影家海洋与我们在寨滩村会合。海洋到的时候，天气不错，一看见黄河、枣林，他便顾不上休息，停下车操控起航拍器……从监视器看去，高空下的寨滩村是黄河东边的一片滩地，被大片枣林覆盖着，绿茵茵的。

沿河公路不太好走，前些日子发的一场大水还冲垮了一段路，在抢修。陪同我们的兴县文联主席范永斌说，这条路马上就要进行国道标准的重修。

回想 20 世纪 60 年代的一场大水，冲垮了黑峪口村近河岸人家的房屋，一部分失去房屋的村民自愿落户寨滩。目前，寨滩村登记在册 95 户，约 300 人，但常住村中的只有 18 户，年轻人大多在外工作，村里只留下老人和孩子。

枣林稠密，村口公路边的枣树上悬挂了大红灯笼。一条林荫道通向村里，两边地里套种了蔬菜和谷子。路旁一棵树干缠着红布的老树十分惹眼，树不高，但自由生长，树枝四下伸展着。枝头悬下一块小牌子，上书"老树，树龄 500 年"。

路尽头是一片空场，砌着红砖台子，喷绘的临时背景墙还立着，那是春天枣花节开幕式用的临时舞台。

村党支部书记高贵军早已在村口等候，热情地招呼大家进到村委会。村委会是两室一厅的独立砖房，厅内摆着桌子、沙发，墙上贴着宣传栏，公布村规法则。宣传栏上还贴有几张照片，展示了黄米糕制作过程、石

黄
河
三
处

游客在寨滩村枣林里荡起秋千。为了推进乡村旅游发展，寨滩村依照自身特色，设计了一些简单的休闲旅游项目。海洋摄影

清扫村路。过去，寨滩村里都是土路，一下雨全是泥，近年做了路面硬化。海洋摄影

寨滩村中乘凉的一家人。海洋摄影

硬化路面到户，寨滩村的基础设施建设正在逐步完善。海洋摄影

墙上的老物件和用饮料瓶制成的储物桶。海洋摄影

寨滩村农户家里的陈设。海洋摄影

头山风景等。有一张俯拍的照片，乍一看像一口石头做的四耳黑锅，范主席说，这就是当年的晋军河防工程用过的石材。

高贵军一边为大家沏茶，一边开始介绍："现在几乎天天有城里人来我们村游玩，吃农家饭，住窑洞，枣花节那几天来的人更多。我正想办法再整修出几间窑洞，收拾舒服些，游客就可以在这里多住几天。"这些年因为天气原因，村里的红枣收成不稳定，尤其这两年，到了红枣接近成熟的七八月份，却总是下大雨，果实被雨水打落，品质下降，这让高贵军挺着急，他说："不能靠着单纯的作物收成，得想办法搞旅游。"

除了千亩枣林，寨滩村周围还有尚待开发的旅游资源——晋军河防工程遗址、龙王庙壁画、黄河岛滩、六郎寨，以及怪石嶙峋的山地。2017年，寨滩村举办了首届寨滩黄河滩枣采摘节，这让沉寂了多年的小山村一下子热闹起来，寨滩村在兴县火了，在吕梁也有了名气……这像是给高贵军打了一针强心剂，更坚定了他旅游兴村致富的决心。

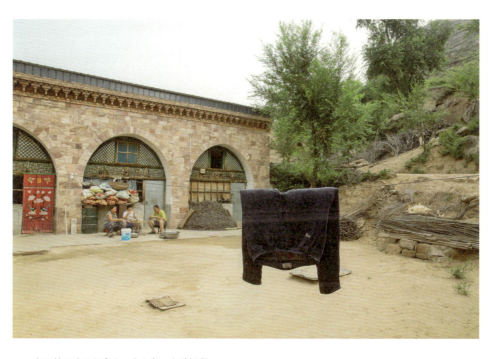

寨滩村刚盖了新房的一户人家。海洋摄影

寨滩村党支部书记高贵军，人称小贵子，几年前，在陕西做生意致富的他回乡担起重任。他有很多让村子富裕起来的想法，为实现村子的富裕奔走着。王蕾摄影

返乡青年高贵军

高贵军30多岁，但长辈、熟人愿意叫他小贵子。

小贵子比同龄人生得年轻，身量不高，黝黑结实，一张棱角分明的脸，一看就是麻利人。

李三处说："小贵子是我们黄河边上的俊后生。"

到了寨滩村听村里人说，高贵军十几岁就去了陕西神木打工，靠神木煤炭业蓬勃发展的商机和十几年的打拼，自己成立公司当上了老板。2011年11月，发迹了的高贵军怀揣让家乡也富起来的梦想，从神木大柳塔衣锦还乡，高票当选寨滩村村委会主任。2014年，31岁的他当选村党支部书记。

小贵子一上任就解决了村里水、电、路等基础设施不足的问题，还为村里9户80岁以上老人住的窑洞重新安装了铝合金门窗。资金缺口高贵军自己先垫上了，几年下来，七七八八的项目没少花钱。有人说，高贵军"以前是开着奥迪荣归故里，现在是开着皮卡忙里忙外"。

这几年，寨滩村一点点发生着变化——对枣树进行嫁接，改良提质增效；养羊养猪种菜；修路通水通电；发展村文化，村容村貌村风民俗都有了很大改变。

在村委会，李三处、李兴骏二位老师与高贵军聊了起来。

"我把衣服顶在头顶上，游过黄河去对岸打工。"高贵军说。

寨滩村党支部书记高贵军（左）走访村里的老年低保户。2018年春节，他出资将村里老人窑洞的旧窗户更换成铝合金窗户。王蕾摄影

高贵军和父母在准备午饭。王蕾摄影

1998 年，高贵军 15 岁。有一天，他在黄河边把衣服脱下来顶在头上，从对着村口的河边下水，一口气游到对岸的陕西。上岸后，他把衣服一套就到处找活计去了。

那时候还没有兴神黄河公路大桥，摆渡船票几块钱一张，高贵军身上只带了卖枣树苗所得的 35 块钱，舍不得花掉 1 分。

李三处好奇地问："你那么小就去陕西打工，你父母同意吗？"

"没办法，家里面很困难，必须走。"高贵军还记得那个夏天，面对湍急的水流，15 岁的他不知道怕。

李三处又问他："你那个时候有目的吗？想好去对岸干什么吗？"

"我听人家讲过'西部大开发'，我想，我得去看看。也听别人说，那边的活儿多。"高贵军说。

然而实际情况是，河对岸也并不容易找到活儿干。有一次，高贵军饿晕了，走着走着就掉进一个大坑里。后来他找到一个洗车的活儿，一天挣四五块，管吃管住，这让他觉得特别满足，一下子干了两年。

经过几年的辛苦，高贵军在神木大柳塔总算找到了一份相对稳定的工作。这时他才想到联系家里，让父母也来一起打工。当时通信不便，家人已经好多年没有他的消息了。"那是我离开家后第一次见到他们，我妈看见我一下子就哭了，因为她都不认识我了。"高贵军回忆道。

"2008 年，我开了工厂，生意挺好，业务量挺大。"

2005 年，高贵军接触到了煤矿机械检修，因为常和维修师傅聊，慢慢懂了一些井下设备的知识。那时的煤矿设备需求量大，高贵军就大着胆子租了一个小厂，雇了七八个人，开始做起煤矿设备生意。

开厂的钱都是高贵军这些年干体力活儿积攒下来的。除了下矿，高贵军还开过铲车，给运煤的卡车装煤，经常干到夜里一两点，甚至更晚，然后睡一会儿，吃点东西就又去干。他人聪明，技术一学就会，凭着年轻精力足，努力挣钱，一年能挣两三万元。

2008 年，高贵军开办了自己真正意义上的工厂——胜东矿山机电维修厂。生意好，业务量大，最多的一年工厂净赚几十万元。"这真是天文数字，我真是太兴奋了！"高贵军说。也在同年，25 岁的高贵军结婚了，爱人是陕西人，小两口还买了一辆奥迪车。

2010 年，高贵军回到寨滩村，起初他只是回来看看，并没有想到这一

村里盖起了新房，计划用作游客餐厅。海洋摄影

　　来自城市的一家人在村里租了一处院落居住，按自己的喜好装饰了房间。这样的来客增强了高贵军做好乡村休闲旅游项目的决心。海洋摄影

回来就留了下来。

高贵军看到村里人吃水还得从井里挑，村路坑坑洼洼，一下雨到处泥泞不堪，电线老化，电压低……基础设施严重不足。他说："我们县是贫困县，乡镇更是资金困难。现在我挣了钱，就想先把村里的水、电问题解决了。"

2011年11月村里改选，高贵军全票当选村委会主任。第二年，全村生活用水进户。"我们雇了人，干了几个月，自来水进了家家户户，村里人都高兴得要命。2013年，我又和镇里、县里申请，把村里的路面硬化了，一直通到每户的大门口。后来，县里又给村里安装了太阳能路灯。"高贵军兴奋地说。

2013年8月10日，高贵军光荣地成为一名中国共产党党员。

2014年，高贵军全票当选为村党支部书记。

2012年后半年，高贵军把陕西的厂子转让了，将全部精力投入到寨滩村。这一次，又是家人的支持让他坚定了自己的抉择。"他们都支持我，我父母不用说了，总是帮我干这干那，从没怨言。我老婆也支持我，我们现在基本上把神木那边的家搬过来了。我老婆在我最穷的时候跟了我，过年都不买新衣服。想起这些我感到挺愧疚的。但我想，这又是一个过程，等村里一切好起来了，我们自己的日子也就好了，得坚持。"高贵军说。

"国家号召建设美丽乡村，搞乡村旅游，县里也支持，我就研究了一下我们村，发现有不少可以搞旅游的景点和项目，就跟我们乡镇领导说了这个想法。"

"怎么想到搞乡村旅游的？"李三处翻开高贵军拿出的一本相册问。相册里的照片都是有关寨滩旅游项目的，比如农家休闲、六郎寨风景、黄河中心岛等。

2017年过完春节，村里的基础设施改造基本完成了，高贵军就带着村干部到村后走走，研究可以开发的旅游项目。寨滩黄河岸边的山怪石嶙峋，最著名的是六郎寨上面的狮子山。

"兴县马上就要修沿河公路了，这也可以说是一条旅游公路。我就想我们村资源很多啊，有山有水，有枣树林，山上还有古迹，龙王庙里有壁画，村后的山顶据说是杨六郎点兵的六郎寨，还有晋军河防工程遗址……"高贵军跟镇领导汇报了想搞乡村旅游的设想，领导提醒他可以利用红枣先

寨滩村村民冯光琴的老伴在自家院中打谷子。海洋摄影

寨滩村的羊也许是因为在秋天能吃到落地的红枣，肉质十分鲜美。海洋摄影

聚起人气，他就又去枣树林里转了一圈。"我知道有的地方搞采摘节，我们难道就不能搞个红枣采摘节吗？"高贵军说。

2017年秋天，经有关部门批准，寨滩村搞了第一届红枣节。"那天来的人很多。我们免费提供餐饮小吃，免费采摘红枣，活动1分钱没赚，还花了5万块钱。首届嘛，就是为赚人气。我们村比较偏僻，能把人吸引来就是胜利。"红枣节的成功举办不但使村干部们增强了信心，更让村里人眼前一亮。高贵军说："村里人把活动视频发给在外地打工的亲友看，他们都很惊讶，咱们村现在真好啊，来了这么多人！开幕式那天估计得来了六七百人，广场上站满了人，县里、市里，以及太原的摄影家们也来了，后来有人看到他们拍的照片，也找到我们这里来拍，给我们村做了个大宣传，甚至在美国的友人都看到了呢。"

红枣节办完，紧接着第二年春天又办了枣花节。寨滩村的两节得到了县里、镇里的大力支持。

枣花节上卖的枣花蜂蜜供不应求，纯天然的农产品成为村里的经济增长点之一。"鸡蛋也都卖完了，以前没有人从我们村买鸡蛋。羊肉也不用出去卖了，现在我们有这么多羊，而且是吃红枣的羊，羊肉味道确实不一样。这就给我提了个醒儿——得做品牌。"说到此处，高贵军似乎已经看到未来村里农产品产业化的景象。

高贵军相信，通过搞旅游开发，推销枣花蜜、吃红枣的羊，以后寨滩肯定有好的发展。但高贵军也很清醒："慢慢来，需要一个过程。现在我们村已经被吕梁市评为旅游示范点了。"

高贵军也一直琢磨着改良村里的枣树品种。他专程去省农科院请教专家。"人家特别热情，把枣树的品种、枣的价钱、我们的计划都仔细询问了一遍。我说我计划搞旅游，搞采摘节，他们就给我推荐了一些适合观光旅游的枣树品种，还派人来村里免费提供指导。他们有项目还到村里搞实验基地。"

2017年，经高家村镇推荐，高贵军被评为县里的"返乡创业之星"。"镇里、县里的领导很支持我，还给了我很多建议指导，我跟他们也学到了不少管理和发展的思路。今年搞枣花节，我就向镇党委书记请示，他让我放手干，需要镇里出面协调的他们来办。"

高贵军是今天千千万万返乡创业青年中的一员，他们富了不忘家乡，

剥玉米。海洋摄影

助力家乡脱贫，值得敬佩。李三处对高贵军说："真好。你可不敢打退堂鼓，这个村子就得靠你了。"

高贵军笑着对大家说："现在已经退不成了，必须坚持干下去。要干的事儿和想干的事儿很多。现在是好时候，政策好，机会有，但肯定辛苦，资金也缺。可是人活一辈子，总得干点儿自己觉得有意义的事儿吧。"

红枣收获的季节，寨滩村家家户户加工红枣。这是一家农户院子里用来熏制红枣的火灶坑，新鲜的红枣经过蒸煮后，铺在灶坑上熏制。海洋摄影

刘侯命唱寨滩

说白弦，开了音，老刘我要说寨滩村：

寨滩有地说不清[1]
两省两县十一村[2]
上古年了有威名[3]
六郎寨上扎过兵[4]
焦赞孟良把山门[5]
战将宗保穆桂英
降龙木那平叛丁[6]
蛤蟆嘴对炮雷城[7]
旅游公路那沿河通
村口塞下切侯车厅[8]
前村有的是暖园棚
后村有的是抽水棚
当村树起那太阳能
白天照的夜晚明
自来水家家通

洋灰地板铺满村
卫星电视看得真
手机电话能打通
人民生活往上升
白面大米不应分[9]
改革开放富万民
万民不忘邓小平
满皮都是那枣树林[10]
夏天绿来秋天红
产下那红枣再加工
乌枣送到太原城[11]
新任村长高贵军
家住陕西神木村
开着汽车跑得紧
他是致富带头人

1 寨滩有陕西和山西的耕地。
2 "两省""两县"分别指山西省和陕西省，兴县和神木县。
3 "年了"指年份。"威名"指杨宗保和穆桂英名声大。
4 "扎"指驻扎。
5 焦赞、孟良是演义《杨家将》中杨六郎杨延昭手下的两员将领，二人因为脾气相投结为异姓兄弟，感情深厚、形影不离，一同随军征战辽国。后来孟良误杀焦赞，誓不独生，自刎而死。他们这种生死结义的精神被后人称颂，也是朋友之交的典范。
6 降龙木，为被子植物门、双子叶植物纲的一种野生树木，也是传统评书《穆桂英挂帅》中的一种神木，山东、山西、河北等地有不同的说法，有的说是六道木，有的说是木瓜树，也有的说已经绝流，但大家对其的共识都是生长于黄河以北。其生长缓慢，木质坚韧，木面光滑细密，且不易折；强力折之，斜茬似刀，锋利如刀，是世界珍贵的野生资源。
7 "蛤蟆"指蛤蟆，"炮雷城"指阎锡山在寨滩上村顶修的防河炮楼。
8 "塞下"是方言，意为"放置"；"切"是语气词，无实际意义。
9 "不应"通"不用"。
10 "皮"通"坪"。
11 "乌枣"指黄河滩枣，熏制而成。

刘侯命老人（78岁）在村里的枣树林下唱寨滩。20世纪60年代，黄河水冲垮了黑峪口近河的房屋，为安置灾民，县里在寨滩修了17孔窑洞。起初大家故土难离不愿搬，作为村委会主任，刘侯命就带头将全家搬到寨滩，并一直生活在这里。刘侯命虽10年前因眼疾失明，但依然热爱生活。他善民间说唱，记忆力超群，平日在村中为大家说唱民间故事，还自编了许多唱词，唱黑峪口，唱寨滩，唱家乡变化和好生活。海洋摄影

寨滩村虽然不大，但在高贵军的带领下后劲儿十足，种植业、养殖业、旅游业多元化发展。除了枣树，玉米、土豆、杂粮等传统作物种植也在不断改进技术。

由于把生态建设与脱贫攻坚有机结合做得好，村里每年享受生态扶贫补贴。林地雇用贫困户管护，为所有贫困户建立健康档案，2019年98人签订了"双签约"服务协议，有的办理了慢性病证，政府全额资助贫困人口新农合参合费用，参合率达100%。互联网入村到户，村容村貌、户容户貌得到了明显改善，村经济水平和村民生活质量显著提升。

现在，村里计划把熏枣质量再提升一个档次，宣传熏枣功效，争取电商销售。此外，黄河岸边因水蚀作用形成的怪石风景十分有趣，有的像狮子，有的像骆驼，自然地貌具有旅游开发价值。还有就是要继续把红枣节和村休闲旅游做好，扩大影响力。

枣树（500多年）

老枣树的传说，
数不清，说不尽。
唯一说清的就是老枣树的产量！

寨滩村的老枣树。海洋摄影

01	02
03	04
05	06

01 同高家村镇的很多村子一样，熏枣也是寨滩村村民增收的主要途径之一。这是一户正在做熏枣的人家。海洋摄影

02 首先要对收获的红枣首先进行挑拣。海洋摄影

03 将挑选好的红枣放入沸水中煮。海洋摄影

04 蒸煮脱水环节的红枣。海洋摄影

05 煮过的红枣被晾在篦子上，然后将篦子架在火灶坑上，从下面加热熏制。海洋摄影

06 经过两次熏制晾晒后的红枣。王蕾摄影

上树打枣。海洋摄影

51岁的村民白爱儿正在捡拾刚刚打落的红枣。海洋摄影

51岁的邱彩彩和家人连夜制作熏枣。海洋摄影

寨滩村边的沿黄河公路在汛期被洪水冲垮。王蕾摄影

2019年，为了尽快打通"最后一公里"，造福沿岸百姓，兴县沿黄公路工程全面启动。海洋摄影

2021年，已经建成的兴县沿黄公路。王会平摄影

摆尾天下顺雨岸五谷大丰收 庚子鼠年腊月 兴骏书

李兴骏创作的绘画作品《寨滩村龙王庙畅想》。

黃河流過九月九 龍王廟裏抬龍頭 ☆

寨滩村晋军河防工程遗址。遗址位于兴县高家村镇寨滩村东南，正对当年的黑峪口古渡口，是山西境内保存最完好、设计最精妙的河防工程遗址。建筑形态为椭圆形，四个方位设马面，每个马首设有三个射击口，防护墙也设有射击口。内部有五孔窑洞，用来驻军及存放军火。牛亚平摄影

寨滩村龙王庙残留的影壁墙。王蕾摄影

寨滩村龙王庙壁画局部。王蕾摄影

東南向這是歷史的遺存鼠竊的見證時局的再現已永牢替

興驥書

李兴骏创作的绘画作品《寨滩河防工程感怀》。

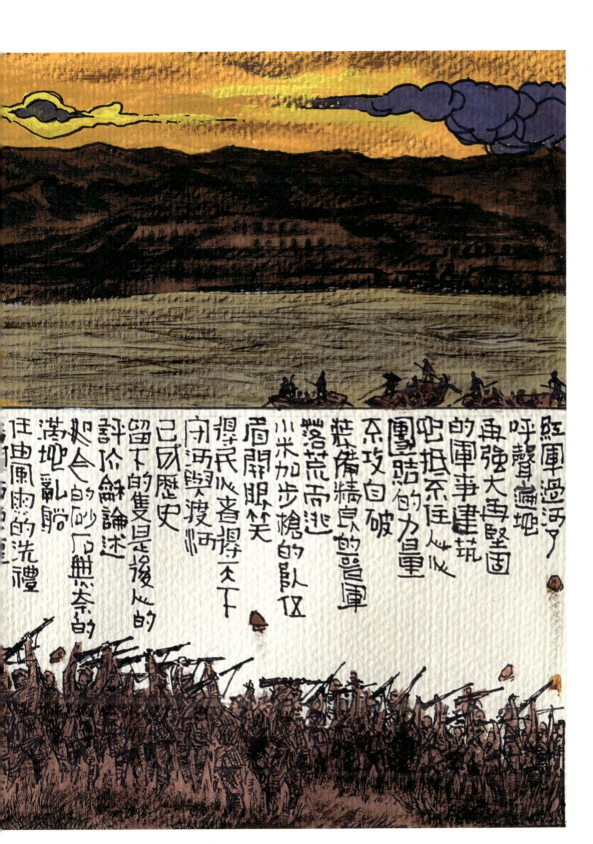

紅軍過河了
呼聲遍地
再強大再堅固
的軍事建築
也抵禦不住人民
團結的力量
泵攻自破
裝備精良的晉軍
落荒而逃
小米加步槍的游擊區
眉開眼笑
渡民從者得一天下
閉河與渡河
已成歷史
留下的隻是後人的
評論與論述
如今的砂石無奈的
滿地亂躺
任憑風雨的洗禮

李三处在晋军河防工程遗址上观察遗址结构。王蕾摄影

寨滩村六郎寨的山顶大石上，可以看到人工开凿的圆形遗迹。海洋摄影

在黄河水流的作用下，寨滩村沿河山体形成奇特的地貌景观。海洋摄影

位于寨滩村的黄河六郎寨景区大门。王会平摄影

寨滩村六郎寨山上的天然石狮。海洋摄影

从留不住人的贫困村到游客纷至沓来的旅游村

——兴县高家村镇寨滩村搭上了"旅游快车"

阮兴时

"每年6月中旬，寨滩上枣花盛开，一眼望不到头的枣树林香气逼人，直到10月份，一颗颗红枣像红玛瑙一样挂满枝头，那一道靓丽的风景，才叫壮观。"兴县高家村镇寨滩村党支部书记高贵军兴致勃勃地向记者介绍寨滩的千亩枣树园。

"从枣花飘香，到枣儿红了，这才真正迎来寨滩一年当中最好的时光。"跟随着高贵军的脚步，一进寨滩村，1000亩枣树园映入眼帘，蔚为壮观。虽然未到旅游旺季，但大红的灯笼、飘扬的彩旗，仍旧可以让人感受到旅游旺季到来时的繁华。千亩枣树林，如今不仅是寨滩村村民们赖以生存的基础，更是寨滩村变产业优势为资源优势，发展乡村旅游的新地标。

以枣为媒，发展乡村旅游

事实上，直到2015年，寨滩村仍然是"捧着金碗讨饭吃，等着政府送小康"的贫困村。精准扶贫以来，在高贵军的带领下，按照美丽乡村示范村建设标准，对村庄进行净化、绿化、硬化。改变村容村貌的同时，寨滩村的村民们还勇于打破传统观念，积极探索，致力挖掘本村文化内涵，注重文化元素的融入，提质改良千亩黄河岸边枣林，建设码头仿古文化帘廊休闲平台、村级文化活动广场，启动修复了龙王庙壁画、晋军河防工程、黄河中间的岛滩、杨六郎寨等景观，寻求在脱贫攻坚过程中的突围之路。

"寨滩上人杰地灵，群山独特，奇峰怪石，点缀成景，故事传说最远可以追溯到春秋战国。"高贵军饶有兴致地为记者介绍寨滩村的著名景点。历朝历代，寨滩都是兵家必争的军事重地。传说宋代名将杨六郎曾在此安营扎寨，并为此地起名寨滩坪。明末李自成当年在此东渡黄河。抗战年代修筑的晋军河防工程则是迄今保存最完整、设计最精妙的河防工程军事研究范本。

所谓"靠山吃山，靠水吃水"，寨滩凭借着丰富的历史典故、独特的群山怪石、壮观的千亩红枣林和悠悠的黄河之滨，吸引着广大游客前来领略大自然的鬼斧神工。

借着乡村旅游的东风，2017 年到 2019 年，寨滩村连续三年承办了兴县黄河风情、兴县枣花节、黄河滩枣采摘节等大型活动。每到金秋时节，寨滩村漫山遍野红枣飘香，树上、田里、房前屋后，一堆堆，一团团，整个一个红枣的世界。漫天的锣鼓声、鞭炮声中，象征丰收的伞头秧歌扭了起来，民俗顺口溜、黄河风情曲唱了起来，热气腾腾的兴县油糕、冒汤、羊杂碎摆了上来，千亩红枣园正式开园迎客。红枣树上摇一摇，滚圆的黄河滩枣散落一地，游客们亲身体验着丰收的快乐。摄影家们则举着相机、瞄着镜头、捕捉画面、顿驻瞬间……在这里，大家尽情地观赏黄河美景，体验黄河文化，倾听摇船号声。

对于寨滩村的村民们，红枣节更是一年一度的盛事。大家精心准备威风锣鼓、划旱船、地方二人台、道情、转九曲阵等民俗活动，摆上丰富的土特产品、手工艺品以及自己种的新鲜蔬菜、自己做的农家小吃，吸引来往的游人，甚至有些嘴皮子灵活的年轻人临时当起了讲解员，为游客讲解村里的历史典故。大家高兴地说："随着红枣节活动的举办，寨滩千亩红枣林的牌子越来越响，村里的游客也越来越多，我们的收入也越来越好了。"

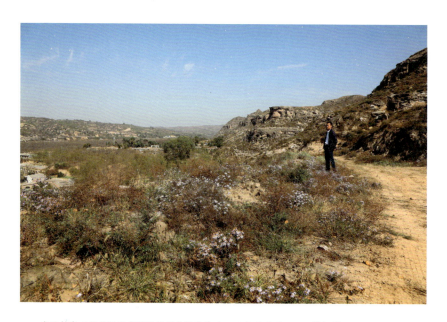

寨滩村党支部书记高贵军经常绕着村子溜达，琢磨旅游项目。王蕾摄影

以羊为助，实现脱贫致富

采访中，记者看到，在寨滩村不仅家家户户种枣树，而且家家户户都养羊。旅游淡季，养羊就成为寨滩村百姓的头等大事。

"在咱村，羊都是吃玉米、吃青草长大的。咱这里的羊，肉质鲜嫩，每年中秋一过，兴县县城的、对岸神木的、保德的，都来咱这儿买羊。"高贵军介绍说。

推开一户老乡的家门，院子里散养着 70 多只羊，但院子仍被收拾得十分干净整洁。老乡笑眯眯地对记者说："感觉在家养羊比在外面打工好多了，一年下来能有七八万元的收入，孩子上学、赡养老人，都不用发愁。"

"别看同样是养羊，里面学问可不少。知道为啥咱村的羊肉肉质好、受欢迎吗？"高贵军故意卖起了关子。针对周边地区人们喜欢吃羊肉的习惯，高贵军在带领大家发展乡村旅游的同时，鼓励大家发展养羊产业。一得空，高贵军就请教养羊专家；另一方面，他买来一大堆养羊的科技书籍，在如何提升羊肉品质上下功夫。一番探索后，高贵军指导乡亲们将传统粗放式养羊转为科学养羊，由单一拴养、放养改为科学建圈。圈舍要保持干燥通风、阳光充足，以减少羊的病死率。喂养当中，以玉米、红枣、草料为食，不添加任何饲料。天晴了，把羊赶在坡上喂养，下雨了，就在家里喂玉米秆和干草。同时严格控制羊的出栏率，年龄在 1 岁以内，体重 80 斤的羊羔，肉质最为鲜美，价钱最好。

"对于贫困户，我们积极支持他们用好金融扶贫贷款。"高贵军说。55 岁的村民任建新就搭上了金融扶贫这班致富车。他说："2018 年，我贷了 5 万元，买了 30 多只羊，不到一年时间我不光还了贷款，还挣了 3 万元。养羊比种庄稼强多了，感谢共产党的好政策。"

"在寨滩，像任建新这样的村民不在少数，通过发展乡村旅游和养羊，如今我们村人均收入达到 6200 元。"从一个留不住人的贫困村到游客纷至沓来的旅游村、养殖产业方兴未艾的富裕村，高贵军坚信，只要沿着习近平总书记"三篇光辉文献"的指引走下去，一定能奏响旅游强村、产业富民的乐章。

（本文刊登于 2020 年 6 月 7 日《吕梁日报》）

一块就是一首歌黄河十年拍摄倩影、声声山西老汉田博说

意部

李兴骏创作的绘画作品《寨滩村里怪石多》。

李兴骏创作的绘画作品《寨滩六郎寨》。

第四章

县
——誓师与展望

2019年2月，一场脱贫攻坚誓师大会在兴县某礼堂召开，这是近年来兴县召开的规模最大的会议。偌大的会场坐满了各级领导，乡镇、村干部，以及驻村第一书记、工作队负责人。会议明确任务、统一思想、凝聚共识、誓师动员，全面吹响脱贫攻坚决战的冲锋号。

在多年的工作中，兴县探索了一套适合自身发展的"2345"脱贫攻坚总体工作路径，即着力构建产业、就业"两个支撑"，着力提升教育、医疗、住房和安全饮水"3+1保障"，着力推进易地搬迁、生态脱贫、光伏扶贫、贫困村提升"四大工程"，着力完善党建引领、责任落实、工作推进、资金投入、社会帮扶"五项机制"，形成了全方位立体式的脱贫架构。确立了"222+N"产业增收路径："222"，即农民人均2亩优质小杂粮、2亩经济林、2亩中药材；"N"，即马铃薯、食用菌、畜牧养殖、光伏、电商等，使每个农户都有两三个特色产业增收项目。保就业，重培训，培训就业拓宽增收渠道，大力实施全民技能提升工程。持续推进教育保障，解决因学致贫难题；推进医疗保障，拔掉因病致贫穷根；推进住房保障，实现群众住有所居。

兴县蔡家崖乡张家梁移民新村。王会平摄影

一项项措施，为县里的老百姓谋了未来。

全县小杂粮种植面积稳定在 60 万亩，经济林面积发展到 58 万亩，中药材种植发展到 20 万亩，绿色优质马铃薯基地发展到 5.1 万亩，累计发展食用菌 800 万棒，规模养殖场发展到 280 户。全县建成光伏扶贫电站 53 座 101.8 兆瓦，全部并网发电，收益分配到村到户。

全民技能提升累计培训 28249 人，其中吕梁山护工 7361 人，就业率 42%，驾驶员培训 7248 人；引导驻地企业招录本地户籍人口 1575 人，提供临时性岗位 1406 个，其中贫困人口就业 1126 人；全县建成扶贫车间 3 个。实现了建档立卡贫困学生教育扶贫政策全覆盖，贫困人口参保费用政府全额资助，省内住院正常医疗费用报销比例不低于 90%，构筑起了基本医保、大病保险、补充医保、"136"兜底和医疗救助五道防线保障；农村危房清零，建成易地搬迁集中安置点 18 个，共集中安置 2983 户 10320 人，全部搬迁入住。农村水、电、路、网等基础设施和村级卫生室、文化室、文化广场全面达标，贫困群众"两不愁三保障"问题基本解决。

兴县小米享誉全国。近年来，兴县大力发展小杂粮种植，特色产业助民脱贫。王会平摄影

兴县摄影家协会为寨滩村村民免费照全家福、全村福。王会平摄影

第二届"兴县枣花节"旅游活动开幕式在寨滩村的枣林中举行。王会平摄影

　　兴县一二〇师学校，以八路军一二〇师番号命名。学校的建筑设计、教学配套全国一流。
王会平摄影

　　2021年是兴县交通建设实现史上赶超跨越的一年，城乡公交客运西站建成投用，北山过境公路全线贯通，被交通部评为"我家门口那条路——最具人气的路"的"黄河一号"旅游公路（兴县段）交工验收，大善至曹家坡公路、兴县蔡家崖北坡村互通PPP项目顺利开工，兴县界—寨上段及寨上—庄上段红色旅游公路改造基本建成。牛亚平摄影

钙果丰收。兴县依托特色种植产业让当地老百姓富起来。王会平摄影

俯瞰兴县蔡家崖火车站。海洋摄影

到 2019 年底，全县 296 个贫困村全部退出，78577 名贫困人口脱贫，贫困发生率降至 0.56%，贫困退出 14 项指标全部达标，实现脱贫摘帽，脱贫攻坚决战取得决定性胜利；2020 年全县剩余贫困人口全部脱贫，贫困发生率归零。

2020 年，兴县取得可喜成绩：全县地区生产总值完成 134.2 亿元……城镇居民和农村居民人均可支配收入分别达到 24727 元、6271 元，大多数指标增速排名均进入吕梁市前三。

2020 年春，吕梁市两会提出了清晰的发展目标：

随着旅游市场、旅游产业的日渐成熟和走俏，民众的旅游观念在逐渐发生变化，越来越多的人不再执着于大景点、大城市，开始选择更为自由灵活的乡村旅游。吕梁是革命老区，又是沿黄地区，有许多红色文化和黄河文明，更有着几千年来传统的农耕文化和农耕文明，有着发展乡村旅游的很好基础。

作为吕梁市快速发展的一个地区，兴县树牢做大做强黄河板块旅游理念，以红色文化为基点，高质量推进。加快建设蔡家崖 4A 级景区，精心打造晋绥行政公署、贺龙元帅在吕梁、八路军一二〇师、吕梁英雄传等一批红色主题展馆，恢复白求恩国际和平医院第六分院旧址、晋绥日报社旧址等一批革命遗址原貌，实施晋绥边区首府红色文化遗址微缩景观工程，积极建设一批红色旅游经典景区，策划一批串联红色文化资源的旅游精品线路，全力推进红色旅游业发展。

此外，更深入挖掘红色历史，通过实地走访、口述历史、实物实证等方式，讲好战斗篮球队、晋绥边区银行、抗日和平医院、七月剧社等革命故事，全方位做好红色历史的系统挖掘、整理、记录、传播工作。要把黄河旅游板块与红色旅游、乡村旅游相结合，以黄河一号旅游公路为依托，将游览观光、休闲运动、康体养生、文化体验、研学科考等功能汇聚于一体，努力把黄河板块打造成旅游发展新亮点。

产业增效，旅游增收，农民增富。

兴县，未来可期。

主创感言

李兴骏

　　画家，古村落学者，祖籍山西代县。中国民间文艺家协会会员，山西省美术家协会理事，山西省民间文艺家协会理事，山西省民间工艺美术家协会常务副主席兼秘书长，国家二级美术师。多年致力于山西传统村落的保护工作，对山西民风民情及村落状态有深入研究，对黄河风情的描摹更是独具特色。

为黄河边的生活作画

　　吕梁市兴县位于山西省西北部，是山西省版图最大的县，也是全国著名的红色革命老区、国家扶贫开发工作重点县，2011 年又被国务院列入吕梁山集中连片特困县。这些年来的努力使区域经济有了较快增长，贫困群众生活条件有了明显改善，农民收入有了较大增长。我们调研组在兴县调研期间，还参加了兴县脱贫攻坚动员大会。会上，县委、县政府就"十三五"期间确保全县农村贫困人口实现脱贫摘帽立下军令状，确保完成硬任务，带领全县人民坚决打赢这场硬仗！我们调研组成员听了也深受鼓舞，信心大增！

　　我这两年跟随调研组几次来到兴县，沿着黄河边深入到黑峪口、碧村、寨滩村三个村庄走访、调研、记录，看到了村庄在改革开放之后的新变化，听到了村民的新感受，了解了村民的热切期望！首先，调研组接受了革命传统教育，参观了晋绥边区革命纪念馆，馆址是晋绥边区政府及军区司令部旧址。这里曾经是贺龙元帅及八路军一二〇师生活和战斗过 11 年之久的根据地；我们还参观了四八烈士纪念馆，在那里陈列着王若飞、秦邦宪、叶挺、邓发、关向应、续范亭等先烈的遗像和生平事迹，调研组深受感动！除此之外，我们还看到了当地民主人士刘少白的事迹介绍。

2015 年 6 月 3 日，全国各地致力于抢救保护中国民间文化遗产的代表们会聚山西榆次后沟古村，探讨中国民间文化遗产抢救工程后时代民间文化保护的价值、意义、途径、方法、手段和目的，以及我们的责任和使命。中国民间文艺家协会主席冯骥才在会上宣读《后沟宣言》，全体与会代表深受感动。于是，我萌发了创作反映保护古村落的彩色组画的念头。现在，已完成 8 组。作品采用蒙太奇组合的手法，书画兼备，角度新颖。其中一组就是我们调研的重点村庄——碧村。此村也是第四批列入中国传统村落名录的村庄，是宋代兴县县治所在地，还发现有龙山文化新石器时代的大量遗存，是研究中华文明发祥地的重要地点。

为此，我在遗址现场考察，查阅有关资料，用心创作了一幅画作。同时，为了保证内容准确，我还请教了山西省考古研究所的一位专家，他曾参加遗址的文物挖掘整理工作。这里有白求恩国际和平医院第六分院遗址。我还了解到该村的晋商代表人物——义泰店掌柜王秀，王秀懂经营、善管理，店内除切草、磨黑豆等重活儿雇工外，其余勤杂活儿均由家属包揽，就连店内一般维修也是自己动手。他不仅主营旅店业，还投资创办了蔚汾纺织厂。

延安鲁艺在碧村附近的张家湾村开办了晋西北分院，设有美术、舞蹈、音乐等专业，当代著名版画大家力群、牛文、李少言等都曾在这里学习、生活过。另外，我还画了一幅反映碧村山水奇石风光景色的作品。碧村这部分画稿已完成。另外，我还配了一些诗句，均为吕梁市音乐家协会主席李三处老师撰写，为此组绘画锦上添花！

调研组来到寨滩村，见到了年轻有为的村党支部书记高贵军，我们亲切地称呼他"小贵子"。他早期走出村子在外打工，不辞劳苦。

经过一番打拼、奋斗，他后来当了老板，成为村里的首富。他很想带着大伙儿一起富裕起来。回到村里后，被大家推选为新一届村党支部书记！小贵子书记感叹道："村子紧傍黄河边，旅游资源也有，杨六郎寨、晋军河防工程遗址、龙王庙、枣树林及满山的怪石景点……可是很多人出去打零工，一年到头也攒不下几个钱，老家房子也闲置着，好风景咋就不能变成'钱'景呢？"努力中的小贵子自掏腰包，先开辟通往晋军河防工程遗址、龙王庙旅游景点的道路，现在已修整平坦，汽车可以开上去了！再筹划资金，将道路提升为柏油路。实属不易啊！村子脱贫并非易事，怎么拔掉穷根？村"两委"一班人正在为此开动脑筋，集思广益，群策群力为之奋斗！

前期，我已为晋军河防工程画了一幅画，画面是红军攻打下河防工程后胜利的场面，我准备再画杨六郎寨、龙王庙等题材。黑峪口位于兴县城西25公里处，西凭黄河，是兴县境内最大的水旱码头，也是晋西北黄河岸边一个重要的商贸古渡口。在早期，这里商贾云集，贸易兴旺，是南来北往的货物集散地。在这里，我们看到了一群朴实无华、善良勤劳的村民，倾听了村民的心声，向上级反映了一些村民的困难及实际问题。我们也与村干部进行了交流，听他们讲"脱贫攻坚无小事"，展望未来的村发展、好日子。

海 洋

　　中国摄影家协会会员，宁夏摄影家协会副主席、宁夏同心县文化馆副研究馆员。常年关注记录宁夏西海固人的生存状态。作为纪实摄影家，他拍摄的作品真切平静，蕴含能量。他影像天赋极高，在中国不可多得，是回族摄影师中的杰出代表，也是中国西部摄影师中的佼佼者。

用相机记录"黄河三处"

　　2018年8月2日，历经8小时的长途奔袭，我到达了山西省吕梁市兴县，有幸参加"影像见证新时代 聚焦扶贫决胜期"2018—2020大型影像跨界驻点山西兴县调研项目组。在和王蕾主编、李兴俊老师、县文联范永斌主席聊天时，我经常听他们提到寨滩村、黑峪口村、"B"村，一直好奇"B"村是一个怎样神奇的地方，竟然还用代号。第二天到了实地才搞清楚，原来是"碧村"。不过确实很神奇，据说此村已经有4000多年的历史了。村委会门口有棵千年古树。抗日战争、解放战争时期，晋绥边区的和平医院就建在这个村。我们每天早出晚归，顶着37℃的高温，实地调查寨滩村、黑峪口村、碧村。这三个村虽然都在黄河边，风情却各有千秋。我们在十分有限的时间内想要完整解读这些地方是绝对不可能的，只能脚踏实地地走访，尽可能多地记录。和全国其他很多地方一样，现在村里居住的大多是上年纪的人，年轻人比较少。据说过年的时候村里会很红火。

　　在寨滩村，当王蕾、李兴骏老师采访时，我便在村里走来走去，看着问着拍着，和老乡聊着。虽然有时听不懂他们说的是什么，但也感受到他们的朴实敦厚。有一天在老乡家吃午饭，高老汉盛好饭就端着碗出家门了，我好奇地随着出去，发现寨滩村还保留着中原地区在村头聊天吃饭的习惯。在村头一处房屋的拐角处，大伙有蹲的，有坐的，有吃饭的，有抽烟的。有一个小伙子见高老汉端着饭，就问是什么饭，高老汉直接就把饭碗递给他看，小伙子居然接过碗吃了几口后又还给了高老汉，这要是在城市纯属天方夜谭啊！随着采访拍摄的不断深入，我和老乡们逐渐熟识起来，见了面都打招呼，他们还热情地让我们到家里坐坐。我们说明了来意后，老百姓们都说："对，应该把这些年的变化向外宣传一下，我们以后会更好的！"

当我们再一次走进寨滩时，正值老百姓收获了红枣在加工。他们把枣洗干净后，放在熏坑上用烟熏烤，我也是第一次见如此加工红枣。做好的熏枣黑里透紫，有淡淡的烟熏味，很特别。但是因为产量少、运输成本高等因素影响了销售，村党支部书记高贵军想方设法帮助村民出货。高贵军原本在外面承包工程，并且效益不错。看到村里发展举步维艰，他便下决心回村带领大家致富。当选村党支部书记后，他做了许多帮助乡亲们走出贫困的工作。据说山西省的沿黄公路要开工建设，正好要经过寨滩村，高书记一心想着利用村上的狮山、传说中的六郎寨、晋军河防工程遗址等，带领村民搞黄河岸边乡村旅游，目前计划正在逐步实现。

黑峪口村是晋西北黄河岸边一个重要的商贸古渡口，曾经商贾云集，贸易繁忙。这个千年古渡，在晋陕两岸远近闻名。随着连接两岸大桥的建成，交通变得十分便利，黑峪口的货物贸易交流逐渐衰落，最终变得萧条，村镇也失去了以往的喧闹，变得一片寂寞。我们在高家村镇了解到，镇上准备通过旅游招商，打造黑峪口千年黄河通商口岸的旧貌，促进当地的经济发展。在村里我们看到了正在施工中的基础建设工程。村委会成员也意识到，虽然本村拥有深厚的人文底蕴，但旅游业的发展需要有现代的配套设施,才能实现文化价值向经济价值的转化,因而积极筹划行动。除了申请历史文化名村,还要在黄河滩涂上兴建鱼塘、农家乐等基础设施,通过多项措施力争重振千年渡口的雄姿。2019年农历正月十五我们走进黑峪口村,正逢转九曲。转九曲又称转灯,是流传在黄河流域的一种汉族民俗文化活动,每年农历正月十四、十五、十六,在外工作、上学、打工、做生意的本村人都回到这里,参加转九曲活动,以求驱瘟避邪,祈福保平安,使人感受到传统文化的深厚。在冬日寒冷的夜晚,转九曲的人和红红火火的灯笼让人们感受到阵阵暖意!

当我们走进碧村,走在村里石头铺垫的弯弯曲曲的小路上,看到保存基本完好的石窑洞,脑中浮现出人声鼎沸、鸡鸣狗吠、牲畜兴旺的老碧村的样子。现在的碧村常住人口不多,也不见炊烟袅袅,但还是可以看到村头门前蹲坐着闲谝的大爷大妈。就是这种寂静也引人无限遐想。想当年,八路军的伤员被送到这里的和平医院治疗,边区银行的印币厂在繁忙地工作,鲁艺的学员们在引吭高歌,小孩们在蔚汾河边嬉戏,百姓们忙着种地生产……虽然现在留存的房屋已经破旧,甚至破烂不堪,却怎么也抹不去昔日的荣光!县、镇、村正在积极筹划,争取多方支持,发展红色旅游,帮助百姓脱贫创收。

我们先后三次深入寨滩村、黑峪口村、碧村采访拍摄,虽然时间短促,但是通过和百姓对话交流,实地观察他们的生活状况,我们感受到的是,尽管还有许多困难,但各级政府在千方百计地努力帮助老百姓奔小康。

王 蕾

　　《人民画报》编辑部主任，高级记者，策展人，撰稿人，报道经验深厚，多次担任重大报道的策划执行任务，以及大型影像的创作、展览工作。

讲述黄河岸边百姓的日子

　　受中国摄影家协会副主席、新华社高级编辑陈小波的邀请，我有幸与中国著名词作家李三处，中国村落学者、画家李兴骏，摄影家海洋一起，加入"影像见证新时代 聚焦扶贫决胜期"2018—2020大型影像跨界驻点调研项目，作为山西兴县组的成员，赴吕梁兴县高家村镇进行调研、采访、创作。

出发，向着兴县

　　2018年夏末的一个早上，我与陈小波老师一起从北京登上前往山西太原的高铁。到达太原后，我们与早已等候的李兴骏老师以及山西省文联的各位老师会合。李兴骏老师是一名画家，更是一位多年致力于山西传统村落保护工作的学者，对山西民风民情、乡村现状有着深入的研究，他描绘的山村极具故事性，对黄河风情的描摹更是独具特色。

　　一行人乘车前往吕梁市，其间一路畅谈。陈小波老师向大家讲述创作思路。

　　"左手一指太行山，右手一指是吕梁。"吕梁市区过去叫作离石，现在，离石已经是吕梁的一个区。到达吕梁市已是下午，大家休整后，准备与中国著名词作者、剧作家，兴县蔡家崖人李三处见面。吃晚饭的时候见到了李三处，同他一起的还有吕梁市文联的几位领导和摄影家协会的同人们。李三处颇具文人气质，说话带着乡音，给人亲切之感。在陈小波的构思中，他将作为本书的叙述者、走访人，讲述黄河岸边百姓的日子。

"幕布即将被徐徐拉开。"从吕梁市出发再行100公里，就是兴县了。在兴县，调研组将迎接从宁夏赶来的摄影家海洋，他一直关注宁夏西海固等地的百姓生活，独特的摄影风格非常契合本书的思路。

自此，在黄河岸边的调研之旅开启……

当"第一书记"的文联主席

调研组在兴县的调研，县文联主席范永斌是对接人，他还有一个身份——高家村镇驻村第一书记。范永斌对兴县掌故、地理人文、脱贫攻坚进程等都有深入了解。有了他的加入，调研组在高家村镇的调研、创作很顺利。

范永斌作为驻村第一书记，工作中经常与各个村交流，对各村的情况和人都很熟悉。调研组在他以及兴县摄影家协会主席王会平的带领下，沿黄河岸边寻访村落，与当地百姓、干部拉家常、话发展，工作进展十分顺利。

黄河岸边真是魅力无穷，看似不起眼的小村，都有大故事。我们第一站到的就是碧村，安安静静的一个小村，上上下下错落着窑洞石头房子。这里的每间老屋都是中国革命历史的见证，引导着访客浮想那峥嵘岁月曾经是怎样的一派光景。

第二站是黑峪口村，就在兴神黄河公路大桥边。经范永斌一介绍，这个村子可了不得，以前我们只知道山西有个碛口镇，在范永斌的讲述中，我仿佛看到了一个比碛口更加繁华的黄河古镇。

第三站是寨滩村，一大片枣树遮蔽了夏日酷暑，村党支部书记小贵子出来迎接我们。因为范永斌的引荐，我们的友谊从此开启。

因为范永斌，我们认识了许多兴县人，有干部、企业负责人，有乡村教师、技艺传人，更有老百姓。在他的带领下，我们寻访老党员，听他们讲述革命岁月里我党地下工作者在田地里，以高高的麦子为掩护，悄悄向同志传递消息；我们寻找致富带头人，当年五天一大集、三天一小集，人们带上自己做的油糕卖给过往商客，承包大队渡轮，在湍急的黄河中摆渡晋陕两岸百姓⋯⋯

一方水土养一方人。黄河水的滋养让兴县人深爱这方热土。过去，这里贫穷，但悠久的历史和红色革命文化积淀让这里的人们精神富有；今天，这里繁荣，每一位兴县人都在为家乡更美好的明天而努力着。

跋

碧村、黑峪口、寨滩，这三个村子虽远在黄河岸边，却是这两年多来一直萦绕在我脑海里的名字。从 2020 年春节调研组完成最后一次调研离开兴县，到书稿整个的编辑过程中，兴县更快速地在发生着变化。

就在不久前，我向兴县摄影家协会主席王会平核实信息，他在微信里说道："王老师，有时间欢迎再来兴县。你们走后，沿黄公路基本修好了，路比以前宽了，又好走。寨滩上的六郎寨也有了几百万元的投资，成了沿黄公路的景点，今年（2021 年）10 月竣工。新建设的黑峪口黄河特大桥连续梁也在 9 月实现合龙。"

这真的是再好不过的消息。

我想，任春林、任伟、高贵军的理想正在实现，也设想在不久的将来，调研组故地重游，再见到他们，看到变化，会是怎样喜悦的心情。

在兴县的经历，让中国版图上的一个地理位置变成了活生生的人的故事，这故事有很久以前的，有正在发生的，当然，还有将来的。

我们一行人对兴县的关注不会停止，为能有幸将兴县脱贫摘帽"最后一公里"的故事讲给大家，感到十分开心。

愿碧村、黑峪口、寨滩越来越好，愿兴县越来越好。

中国摄影家协会副主席陈小波（中）、词作家李三处（右三）及兴县调研组成员与山西省、吕梁市文联领导在吕梁文创园。冯树廷摄影

中国摄影家协会副主席陈小波、词作家李三处等在山西兴县高家村镇调研。王蕾摄影

调研组成员李兴骏（左）与兴县摄影家协会主席王会平在碧村白求恩国际和平医院第六分院旧址。王蕾摄影

黑峪口村党支部书记任亚平（左一）、兴县摄影家协会主席王会平（左二）向调研组成员摄影家海洋（左三）、书画家李兴骏（左四）介绍黑峪口村。王蕾摄影

调研组成员画家李兴骏（右一）在寨滩村与村里的老人交谈。王蕾摄影

兴县文联主席范永斌（左二）与调研组成员在寨滩村一户农家调研采访。海洋摄影

边采访边创作。海洋摄影

调研组成员王蕾（左一）、李兴骏（右二）与兴县摄影家协会主席王会平（右一）在黑峪口村采访村民。海洋摄影

2018 年 10 月，兴县文联主席范永斌（左一），调研组成员王蕾（左二）、李兴骏（左三）、李三处（左四）、海洋（左五）在寨滩村。海洋、高贵军摄影

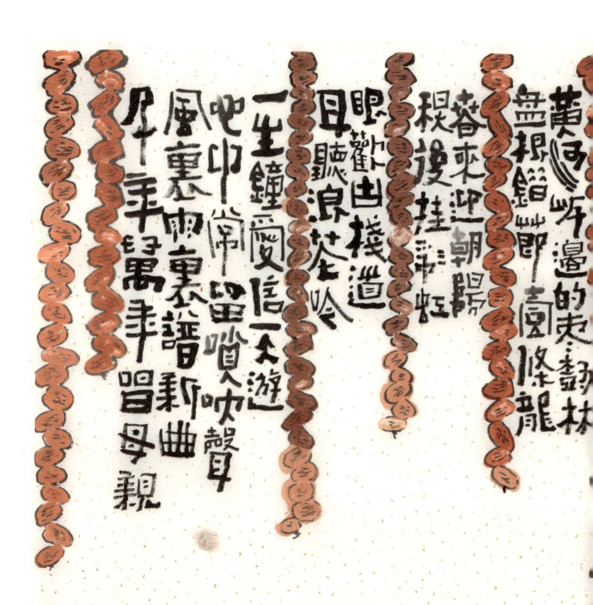

李兴骏根据李三处词作《黄河岸边的枣树林》创作的画作。

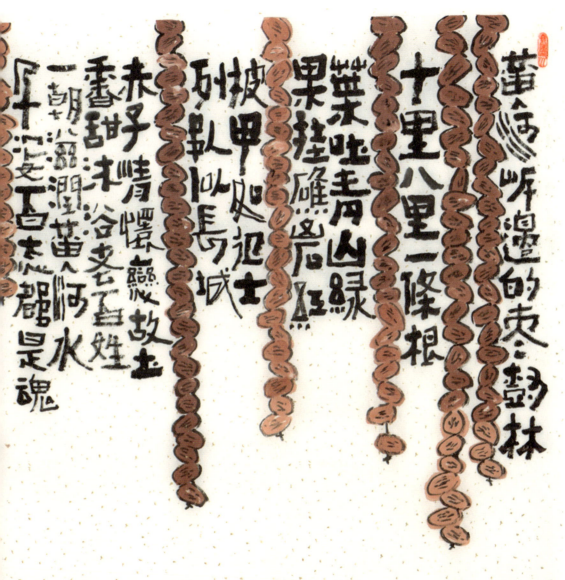

黄河崖边的枣鼓林

十里八里一條根

叶吐青山绿　果挂雁崖红

被甲如迎士　列队似马城

赤子清怀戀故土　香甜沐浴套百姓

一朝滋润黄河水　千波百浪群是魂

录自李三园先生《黄河崖边的枣鼓林》

"

黄河弯弯流向东，
有一弯留给兴县人。

——李三处

我能用我的书画讴歌黄河边的百姓是上天的恩赐。

——李兴骏

记录那正在慢慢离我们远去的浓浓乡土气息，成为记忆……

——海洋

踏进碧村的村口，那石垒的村路像是带我通往未知……感谢这个项目，期待以后的惊喜与相遇。

——王蕾